FRIEDRICH HÖLDERLIN
浪游者

〔德〕荷尔德林　　　　　　　　著
林克　　　　　　译

人民文学出版社

图书在版编目（CIP）数据

浪游者 /（德）荷尔德林著；林克译.
— 北京：人民文学出版社，2024（2025.1重印）
（巴别塔诗典）
ISBN 978-7-02-018537-5

Ⅰ.①浪… Ⅱ.①荷…②林… Ⅲ.①诗集–德国–近代 Ⅳ.① I516.24

中国国家版本馆CIP数据核字(2024)第041834号

责任编辑　朱卫净　何炜宏
装帧设计　李苗苗

出版发行　人民文学出版社
社　　址　北京市朝内大街166号
邮政编码　100705

印　　制　凸版艺彩（东莞）印刷有限公司
经　　销　全国新华书店等

字　　数　100千字
开　　本　889毫米×1194毫米　1/32
印　　张　8
插　　页　5
版　　次　2016年9月北京第1版
印　　次　2025年1月第2次印刷
书　　号　978-7-02-018537-5
定　　价　79.00元

如有印装质量问题，请与本社图书销售中心调换。电话：01065233595

目录

汉语的容器（王家新） _1

卷一

我的决心 _3

致春天 _5

橡树林 _7

许佩里翁的命运之歌 _8

故乡 _10

还乡 _11

爱情 _13

致命运女神 _15

海德堡 _16

黄昏的遐想 _18

我的财富 _20

也许我每天走过…… _24

沉坠吧，美丽的太阳…… _26

就像在节日……　_ 28

梅农为迪奥蒂玛悲歌　_ 33

激励　_ 41

阿尔卑斯山放歌　_ 43

浪游者　_ 45

乡间行　_ 51

卷二

还乡　_ 57

面饼和酒　_ 63

斯图加特　_ 73

诗人的使命　_ 79

人民的声音　_ 83

在多瑙河源头　_ 88

日耳曼　_ 93

唯一者（第一稿）　_ 99

漫游　_ 104

莱茵河　_ 110

和平庆典　_ 122

致兰道尔　_ 131

帕特默斯　_ 133

决断　_ 167

现在让我去吧……　_ 169

生命的一半　_ 170

岁月　_ 171

追忆　_ 172

伊斯特尔河　_ 175

卷三

谟涅摩叙涅（第三稿）　_ 181

德意志的歌　_ 185

给众所周知者　_ 188

像小鸟缓缓飞行……　_ 189

当葡萄的汁液……　_ 190

在淡黄的叶子上……　_ 191

何为人生？　_ 193

何为上帝？　_ 194

致圣母　_ 195

提坦　_ 204

可是当天神……　_ 209

下一个栖息地（第三稿）　_ 215

体验半神……　_ 219

因为从深渊……　_ 221

希腊（第三稿）　_ 223

致我的妹妹　_ 226

春天　_ 229

转生　_ 231

在树林里　_ 232

在迷人的蓝光里……　_ 233

译后记　_ 236

汉语的容器
王家新

> 因为脆弱的容器并非总能盛下他们，
> 只是有时候人可以承受神的丰盈。
>
> ——荷尔德林《面饼和酒》

在《译者的任务》这篇影响深远的文论中，瓦尔特·本雅明对荷尔德林所译的索福克勒斯发出了这样的赞叹："语言的和谐如此深邃以至于语言触及感觉就好像风触及风琴一样。"[①]同样，这也是我们阅读荷尔德林自己的诗歌——尤其是阅读他在完全疯癫前所作的那一批抒情颂歌时的感觉。那么，当我们试图翻译这样一位诗人时，从我们的译语中能否深刻传达出那样一种犹如"风触及风琴"一样的诗性共鸣？甚至我们还要问，汉语的容器能否承载那样一种"神的丰盈"？

我想，这大概就是林克以及任何一位中文译者在

[①] Walter Benjamin: The task of the translator, Illuminations, edited and with an introduction by Hannah Arendt, p81, Schocken Books, New York, 1988.

译荷尔德林时所面对的一个根本性问题。

这里我还联想到海子,也许正是在读到荷尔德林后,他不仅感到了一种"令人神往的光辉和美",同时还痛切地意识到了我们自身语言文化传统中的某种匮乏。在《太阳》一诗中他就曾这样写道:"汉族的铁匠打出的铁柜中装满不能呼唤的语言。"

任何一位中文译者在译荷尔德林时,必然会面对这样一种困境。两种语言跨时空的遭遇,犹如两道闪电,不仅照亮了他的宿命,还将迫使他不断审视、调整、发掘并释放他的母语的潜能,以使它成为"精神的乐器"。

在德语诗翻译领域,林克最推崇冯至(他多次感叹冯至译的里尔克到了"一字不移"的程度),同样,郭沫若、梁宗岱这两位诗人翻译家前驱也一直为他所尊敬。梁宗岱本是旷世稀才,他译歌德时所使出的全身解数,不仅给我们留下了宝贵遗产,也给我们带来了诸多启示,如他译的歌德早期抒情诗《流浪者之夜歌》:①

一切的峰顶
沉静,
一切的树尖
全不见

---

① 该译作及以下的《守望者之夜歌》均选自《梁宗岱译诗集》,湖南人民出版社 1983 年第一版。

丝儿风影。
小鸟们在林间无声。
等着罢：俄顷
你也要安静。

这里，除了"俄顷"这样的字眼有点"别扭"外（如把它改为"转瞬"，这首译作就堪称完美了），梁宗岱用的全然是现代新诗活生生的语言。他正是以这样的语言赋予了这首译作以不朽的生命，如本雅明在《译者的任务》中所说，他"抓住了作品永恒的生命之火和语言的不断更新"。但他在译歌德《浮士德》中的《守望者之夜歌》时，却使用了这样一种"古体"：

生来为观者，
矢志在守望，
受命居高阁，
宇宙真可乐。
我眺望远方，
我谛视近景，
月亮与星光，
小鹿与幽林，
纷纭万象中，
皆见永恒美。
……

这样的译法，一下子把歌德"陌生化"了。它同样受到一些中国读者的喜爱。不过，其间的"宇宙真可乐"，却险些使这首"古风"走了调，让人读了有点"不是滋味"。这说明，以一种"古体"来追摹歌德晚期那种古典、高迈的诗风，虽不失为一种有益的尝试，却不可"因韵害意"（显然，"宇宙真可乐"正是为了与"受命居高阁"押韵，而且"高阁"这样的用词也值得推敲），更重要的是，要对其中所包含的危险有一种敏锐的语言与诗学意识。

那么，以现代汉语来译荷尔德林这样一位神性充溢、"古风犹存"的诗人，这更是一种考验了。"神在近处／只是难以把握。／但有危险的地方，也有／拯救生长"，这是林克所译荷尔德林的名诗《帕特默斯》的开篇。我想，这也完全可以视为一个荷尔德林的译者工作时的深刻写照。

我们不难想象这里面的巨大难度。也许，难就难在要怎样努力才能赋予这样的诗魂在另一种语言中重新开口说话的力量，难就难在要怎样超越时空、语言、文化的限制，去接近那个"声音的秘密"，难就难在要怎样努力才能使我们日复一日所使用的"不能呼唤的语言"起而回应那种诗性的呼唤……

对这一切，林克有着深刻的体验和对自身限度的清醒的认识，在这本译诗集的《译后记》中他这样写道：

于是便出现了与荷尔德林提到的人神相遇类似的困难情形——若欲承纳神,人这件容器实在太脆弱。译者尝试尽量接近诗人,无疑十分危险,不仅因为那种高度可望而不可即,而且那里的深渊险象丛生,大师之于译者纯属一个黑洞,所以与大师打交道的确是一件令人绝望的差役。对我而言,翻译特拉克尔还能勉强胜任,至于其他三位(指诺瓦利斯、荷尔德林、里尔克),实有力所未逮之感,修养、古汉语和诗艺等等皆有缺陷。当然,译荷尔德林,对任何译者的中文表达都是一大考验。

好在林克有的是爱,有的是对荷尔德林那种亲人般的血缘认同和骨肉之情。虽然他多年来一直在高校教授德语文学,但译诗于他完全是一种很私密化的"精神的操练"。他之所以致力于译荷尔德林,也不是为了什么"供中国读者了解",而首先源自这种内在的爱,源自这种"恨不同时"的追慕,源自他与"他的荷尔德林"的某种神圣的"契约"。因此,他不会像有些人那样,把这样一本译诗集作为一种职业性的"成果",而是作为对他所热爱的不幸的天才诗人的"一份祭礼"。据我对林克的了解,如果他有机会去德国图宾根拜谒那座"疯诗人之墓",他一定会带上这份祭礼的!这里借用一句诗:一篇译(读)罢头飞雪啊。

落实在具体翻译上,我还想说:好就好在林克有一颗"诗人之心"。虽然林克不会说他自己就是一个诗人,但他的翻译,却使我想到了王佐良所说的那种"诗人译诗"。[1]这种有别于一般职业翻译家的"诗人译诗",不仅体现在戴望舒、冯至、穆旦那里,它从郭沫若、梁宗岱那时就开始了,郭沫若当年就曾这样宣称:"译雪莱的诗,是要使我成为雪莱,是要使雪莱成为我自己。译诗不是鹦鹉学话,不是沐猴而冠"(《雪莱诗选·小序》)。林克当然没有这样"狂妄",但他告诉了我这样一个"秘密":他在译诗时必须喝酒,"不喝酒我无法译荷尔德林"。就像荷尔德林醉心于古希腊文化的光辉一样,林克就这样"醉心于荷尔德林"!他借助于酒,以进入他和荷尔德林之间的最神秘渊源,或者用王佐良论译诗的术语来说,以达到诗心之间的"契合"。

很巧的是,在我们译的保罗·策兰的诗中,就有一首写到了酒、荷尔德林和他对古希腊诗人的翻译:

> 我从两个杯子喝酒
> 并草草划过
> 国王诗中的停顿
> 就像那个人
> 从品达那里畅饮
> ……

---

[1] 见王佐良《论诗的翻译》,江西教育出版社,1992年。

诗中的"那个人",指的就是荷尔德林,他在法兰克福巴德洪堡国王图书馆供职期间翻译过希腊抒情诗人品达的颂歌,那时他已处于半癫狂的状况。耐人寻味的还有"我从两个杯子喝酒"这句诗。对这句诗,策兰的研究者已有一些解读,这"两个杯子"有时是指德语与犹太民族文化,有时是指人与神,有时是指不同的女性,等等,但在这里,它也完全可以用来作为林克的翻译以及一切诗歌翻译的写照或隐喻!

的确,林克是在"从两个杯子喝酒"。这两个杯子,一是荷尔德林的德文原诗,再一就是他自己的母语——那作为诗歌语言的汉语。没有这双重的语言意识,一个人就不可能成为一个对诗歌有所贡献的翻译家,或者说,"从两个杯子喝酒",这才是一个本雅明意义上的翻译家:一方面,他"密切注视着原著语言的成熟过程";另一方面,他又在切身经历着"其自身语言降生的剧痛"!(《译者的任务》)

正因为如此,林克所译的里尔克和荷尔德林,受到了许多诗人(如多多等人)的认同和喜爱。当然,他知道要传达荷尔德林的神韵,只有出自"神助"才可以。他也知道他现有的译文还很不完善,许多地方甚至还需要重译。但他已做出了他能够做的一切。读他的译文,我们犹如穿行在那一片既澄明又隐蔽的神示的土地上,并切实地感受到诗人的喜悦、痛苦、矛盾、追问及精神跨越。他译文的语言,不仅具有汉语的凝练、切实和丰富弹性,而且展现出"哀歌兼赞歌"的潜能,成为一种可以响应神明"呼唤"的语言了。也可以说,他多年的心血浇铸,不仅使荷尔德林的诗性获得了汉语的血肉,他的贡献更在于:在他译作的许多章节中,"汉语的容器"因承载了"神的丰盈"而变得有些光彩熠熠了。

然而,林克永远是谦卑的、虔敬的。在其《译后记》的最后,他以这几行诗表达了他自己对那些"命运多舛的大师们"、那些光辉的不复再现的诗魂的感激:

> 垂头的时候一切都饱满了
> 谁记得从前疯狂的燃烧
> 每一个花瓣都是火焰

这提示了一场献祭般的生命的焚烧。同时,这也使我们再次感到了翻译里尔克、荷尔德林对一个人的最重要的意义。

卷 一

我的决心

哦，朋友！朋友！你们如此忠贞地爱我！
 是什么让我孤独的目光如此忧伤？
  是什么将我可怜的心驱入
   这乌云笼罩的死人的沉寂？

我总是躲避你们温情的握手，
 热烈的欣喜的兄弟般的亲吻，
  哦，别对我发火，因为我躲避！
   请审视我的心灵！考验并审判！

这就是痴痴渴望男子汉的完美？
 这就是暗自奢求大牺牲的报偿？
  这就是贸然尾随品达之高翔？
   这就是拼命追求克罗卜史托克的伟大？

啊，朋友！地球上哪个角落可容我

藏身,让我永远在沉沉夜色里
　　哭泣?伟人们翱翔天宇,
　　　这对我永远可望不可即。

哦不!攀上那壮丽而荣耀的小径!
　　向上!向上!在狂热的狂放的梦中
　　与他们比翼;纵然临死我的歌
　　　仍旧嘶哑;忘记我,孩子们!

致春天

我看见笑靥凋谢,胳臂之力衰竭

我的心!你还未老去;如月神唤醒宠儿
天穹的孩子,欢乐又将你从睡梦中唤醒;
因为她正随我醒来,又有了火热的青春
我的姐姐,甜美的大自然,我可爱的山谷
向我微笑,我更可爱的树林,
那里有小鸟的欢唱和嬉戏的微风,
向我亲切问候并兴高采烈地欢呼。
是你使心灵和原野变得年轻,神圣的春天,
祝福你!季节的长子!你使人神清气爽,
季节怀腹里的长子!强大的春天!祝福你
祝福!锁链已挣断,大河为你唱响
欢庆的颂歌,两岸震颤;我们年轻人欢呼
并轻快地走向河流赞美你的地方,你,仁慈者,
我们为你那爱的气息敞开胸怀,纵身

投入河流,随它欢呼,称你为兄弟。

兄弟!你的地球多么美丽地怀着千倍的
喜乐,啊!怀着千倍的爱在微笑的太空
旋舞而去,打从你,天国的少年,
手执魔杖从厄吕西翁的山谷降临大地!
难道我们没看见,她现在更亲切地问候
骄傲的爱人;那神圣的白昼,当他恣意燃烧,
越过群山,因幽灵的胜利!她娇柔而羞涩,
披着银色香气的面纱,在甜蜜的期待中仰望,
直到他使她灼灼放光,她的柔和的孩子们,
所有的花儿和树林、种子和抽芽的葡萄,

睡吧,现在睡吧,同你柔和的孩子们一道
大地母亲!因为赫利俄斯早已驾着
燃烧的骏马安息了,天国友好的英雄
这边佩耳修斯,那边赫耳枯勒斯,他们
怀着沉寂的爱从旁边走过,絮语的夜风
悄悄拂过你快乐的种子,远道而来的
小溪也为它轻轻唱起催眠曲。

橡树林

走出花园我走向你们，山之娇子！
走出花园，那里的自然收敛又恋家，
修饰也被修饰，与勤劳的人朝夕相处。
可你们，多么雄伟！好像巨人族屹立于
驯服的世界，只属于自己和哺育培养
你们的天空，只属于繁衍你们的大地。
你们一个也没有上过人类的学堂，
从遒劲的根，你们挤挤搡搡往上蹿，
既快活又自由，以有力的胳膊，像雄鹰
捕猎，抓取空间，而靠近高高的云端
庄严地欢欣地耸立着你们灿烂的王冠。
你们各自是一个世界，像宇宙的星辰
你们结成自由的联盟，每个皆是神。
只要能忍受奴役，我永远不会妒忌
这片树林并乐意融进群体的生活。
这颗难舍爱情的心若不再让我留恋
社交的圈子，我多想与你们永远相伴。

许佩里翁的命运之歌

你们漫步在高高的天光里
　在柔软的地上，极乐的神灵！
　　闪耀的神风
　　　轻拂你们，
　　　　像女艺人手指轻拂
　　　　　神圣的琴弦。

犹如睡熟的婴儿，天神
　呼吸于命运之外；
　　纯贞地保藏在
　　　朴实的蓓蕾里，
　　　　精神为他们
　　　　　永远绽放，
　　　　　　极乐的目光
　　　　　　　在宁静永恒的
　　　　　　　　澄明中凝望。

但我们命中注定
　　没有一处栖居，
　　　受苦的人们
　　　　在消逝，在沉落
　　　　　茫然从一个时辰
　　　　　　到另一个时辰，
　　　　　　　像山涧从岩石
　　　　　　　　被抛向岩石，
　　　　　　　　　长年坠入杳不可知。

故 乡

渔夫怀着喜悦满载而归,
　从遥远的海岛回到静静的河边;
　　我也盼望着重返故乡;
　　　但除了痛苦,我有何收获?——

美丽的河岸,是你们养育了我,
　你们能治愈爱的创伤?啊!你们,
　　童年的树林,当我回来时,
　　　能否再给我昔日的宁静?

还　乡

你们轻柔的风儿！来自意大利的使者！
　　你呀，亲爱的河流，岸边的白杨！
　　　你们起伏的山脉！哦，你们，
　　　　一切灿烂的巅峰，又出现在眼前？

你寂静的家园！无望的白昼之后
　　你常远远地浮现在游子的梦里，
　　　还有你，我的家，你们游戏的伙伴，
　　　　山冈的树林，我熟悉你们！

多久，哦，多久了！童子的宁静
　　已远去，远去了青春，爱情和欢乐；
　　　可是你，我的祖国！你神圣，
　　　　你忍受！瞧，你依然如故。

因为你的儿女与你一同忍受，

与你同乐,亲爱的!你也教育了他们,
　　你在梦里儆告不忠实的人,
　　　　当他们浪游并迷失他乡。

若是少年炽热的心中
　　任性的誓愿趋于平和,
　　　　沉寂在命运面前,他会情愿,
　　　　　　这回头的浪子,投入你的怀抱。

永别了,青春的岁月,你,开满玫瑰的
　　爱情之路,你们,浪游者的条条小径,
　　　　永别了!请再次接受,哦,故乡的天空,
　　　　　　我的生命并为它祝福!

爱 情

纵然你们忘记朋友,纵然你们,
 哦,值得感激者,蔑视你们的所有诗人,
  愿上帝饶恕,但唯独
   恋人之魂你们须敬重。

因为,哦告诉我,人还能靠什么生活,
 奴仆的忧虑眼下压倒了众生?
  因此头顶的上帝
   也早已逍遥地隐去。

但尽管恶劣的日子里年始终寒冷,
 没有歌声,白茫茫的田野
  却长出绿色的麦苗,
   一只孤鸟频频歌唱,

当树林渐渐延伸,河流涌动,

更温和的风已悄悄从正午
　　吹向那挑定的时辰,
　　　更美好的季节的先兆,

我们相信,在坚硬荒芜的土地上空,
　　唯一知足,唯一高贵和虔诚,
　　　爱情也在成长,
　　　　上帝的女儿,非他莫属。

让我也祝福你,哦,天国之树,
　　让我用歌声培育你,天神的美酒
　　　时时把你滋养,
　　　　创造之光使你成熟。

你长吧,长成树林!一个绽放的
　　更赋有灵性的世界!恋人的语言
　　　当是祖国的语言,
　　　　恋人之魂,人民的心声!

致命运女神

请再赐给我一个夏天,大能之神!
 和一个秋天,让我的歌成熟,
  到那时我的心,饱足于甜美的弦音,
   一定更情愿丢下我死去。

这灵魂,生前未完成神的使命,
 九泉之下也不得安宁;
  可一旦神圣的诗,萦绕
   在我心里,长歌已竟,

我乐意投向你,哦,冥界的寂静!
 我满足,虽然我的琴声
  未伴我沉坠;活过一回,
   像众神一般,我别无他求。

海德堡

我爱你已有很久,我心里欢喜,想称你
  作母亲,为你献上一首朴实的歌,
    在我见过祖国的城市中,
      你是风景最美的一座。

就像林中的鸟儿飞越山间,
  一桥横跨激流,轻盈而矫健,
    河水闪闪流过你身旁
      桥上人欢马叫。

像神的法术,一种魔力曾将我
  定在桥上,当我从大桥走过,
    我仿佛觉得那迷人的远方
      映入群山的怀抱,

这少年这河流奔向平原,悲喜交集,

就像这颗心，在爱中走向没落
兀自感觉无比美丽
当它投入时光的潮流。

你把清泉赐予它，赐予这逝水
清凉的阴影，绵延的河岸目送
它远去，风景如画
在波光里荡漾。

唯有那饱经沧桑的城堡像巨人
一样沉沉垂入幽深的谷底
被无数风暴摧毁；
但永恒的太阳将光芒

洒向苍老的巨人形象，好让他
重返青春，常春藤生机勃勃
向四周蔓延；一阵阵林涛
亲切地拂过城堡。

一丛丛野花垂挂，直到欢快的山谷，
那里要么依山，要么贴近河岸，
你那些富有情调的街巷
静静地傍着芬芳的花园。

黄昏的遐想

静静地耕夫坐在茅屋的荫影里,
　　知足的人儿,灶膛已飘出炊烟。
　　　祥和的村庄晚钟声声
　　　　为浪游者殷勤敲响。

这时候船夫大概也回到港湾,
　　遥远的城镇,熙熙攘攘的集市
　　　终于偃息;凉亭静悄悄,
　　　　朋友相聚杯盏闪亮。

何处是我的归宿?凡人们生存
　　靠工作和报酬;有辛劳也有休眠
　　　万事皆乐;为何唯独我
　　　　心中的痛苦永不眠息?

黄昏的天空好一派春天景象;

千万朵玫瑰盛开，金色的世界
　　显得宁静；哦，带我去吧，
　　　紫色的云彩！但愿在空中

我的爱和悲愁化为风和霞光！——
　　但仿佛害怕这愚蠢的请求，幻景
　　　消失了；天渐渐黑了，孤零零
　　　　我站在夜空下，一如往常——

现在快来吧，温柔的小憩！这颗心
　　渴望太多；但青春！你终会燃尽，
　　　你没有安宁，只有梦想！
　　　　平静而愉快且待晚年。

我的财富

秋天歇息在自身的丰裕里，
　葡萄亮晶晶，果实染红了
　　树林，有些美丽的花儿
　　　虽已坠落，酬谢大地。

周围田野上，我独自漫步于
　寂静的小径，满足的农夫
　　庄稼熟了，许多愉快的辛劳
　　　给他们带来了财富。

天上洒下温和的阳光，
　穿透树林探望忙碌的人们，
　　把欢乐分享，因为单凭人手
　　　果实绝不会成熟。

你也照耀我吧，哦，金色的光，

也为我再吹来微风，仿佛赐予我
　一种欢乐，像从前，但愿你，
　　像罩住幸福之人，流连在我心间。

从前是这样，但虔诚的生命
　已似玫瑰凋谢，啊，仁慈的星辰，
　　仍为我留驻，仍然绽放，
　　　时常勾起我美好的回忆。

多么幸福，谁生活在闻名的故乡，
　有自家的炉灶，平静地爱着
　　一个温顺的女人，坚实的大地上
　　　天空更美丽地闪耀，他心里踏实。

因为，不像植株，灵魂从不扎根于
　自己的土壤，必死者只有昼光，
　　灵魂渐渐燃尽，一个可怜人
　　　流浪在神圣的大地上。

太强劲，啊！你们天国的诸王
　拽我上升；风暴里，晴朗的日子，
　　我察觉你们变幻于胸中，

　　　　你们耗竭我，善变的众神。

但今天让我踏上熟悉的小径
　　静静地去树林，秋叶装饰着树梢
　　　一片金黄，你们也用花环
　　　　装点我的前额吧，甜美的回忆！

我也想有一个安身之处，
　　跟别人一样，以挽救我垂死的心，
　　　愿我漂泊的灵魂不再渴望
　　　　越过这生命悄然而去

但愿你，歌唱，做我友好的避难所！
　　令人幸福的歌！做我的花园吧，
　　　我会培植你，关爱你，在花丛中
　　　　漫游，永不凋谢的鲜花，

栖居在平安的单纯里，任凭外面
　　强悍的时代千变万化
　　　滚滚波涛在远方咆哮，
　　　　更沉静的阳光却促成我的劳作。

你们在凡人头顶,天国的势力!
　仁慈地保佑每个人的财富,
　　哦,也保佑我的财富吧,命运女神,
　　　别过早,让我的梦结束。

也许我每天走过……

也许我每天走过不同的小径,
　　走进林中的绿　,① 走向小溪,
　　　走向玫瑰盛开的山崖,
　　　　从山顶望过原野,但无处

亲爱的,碧空下无处觅你的身影
　　你的话语一天天随风飘散
　　　虔诚的言辞,我曾在你身边

是的你已太遥远,极乐的面孔!
　　你生命的谐音消失了我再也
　　　听不见,天呀!神奇的歌声
　　　今在何方,曾经安抚

---

① 原诗缺字断句甚多,译文皆保持原状。——译注

我的心灵以那天神的宁静?
　　这已有多久!哦,已有多久!少年
　　　　已老去,就连那时向我
　　　　　　微笑的大地也变了模样。

永远保重吧!这颗心每天每日
　　告别又复还,我的双眼
　　　　为你而哭泣,愿它们始终
　　　　　　明亮地眺望你流连之处。

沉坠吧，美丽的太阳……

沉坠吧，美丽的太阳，他们很少
 在乎你，不知道你多么神圣，
  因为你总是为那忧心人
   静静地升起，从不忧虑。

你为我深情地沉坠又升起，哦，光明！
 我的目光清晰地认出你，朝霞！
  因为我学会神一般默默关注
   当迪奥蒂玛治愈我的相思。

哦你，天国的使者！我曾经聆听你！
 你，迪奥蒂玛！我的爱！这目光曾怎样
  从你升向那金色的白昼
   怀着感激，熠熠生辉。

于是潺潺的溪水更生意盎然，

昏暗大地的鲜花为我散发
爱的芬芳，银云之上
垂顾的天空含笑祝福。

就像在节日……

就像在节日,一个农夫出门
去看庄稼地,早晨,当
闷热的夜降下清凉的闪电
已整整一宿,远方还响着雷声,
当激流再次涌进河岸,
大地染上新绿
葡萄滴着天上洒下的
喜人的雨水,亮闪闪
小树林立在寂静的阳光里:

就这样立在适宜的气候中,
它们不只是靠主,以轻柔的拥抱
强劲的神圣美丽的大自然
时时刻刻神奇地养育它们。
因此当她似乎睡去在某些季节
在天空或在草木或万民之中,

诗人的脸上也现出悲伤,
他们似乎孤单,但他们总有预感。
因为她自己也在预感中眠息。

但现在天亮了!我一直守望着曙光来临,
无论我看见什么,我的话当属神圣。
因为她,她自身,比季节更古老
超过了西方和东方的神祇,
大自然现在随武器的轰鸣醒来,
高高从太空直到深渊之底
按铁定的律法,如从前,产生于神圣的混沌,
灵感又觉得自己焕然一新,
那万物的创造者。

如同那人的眼中火花闪耀,
当他筹划高超的事体,
凭借标志即世界的事变现在
火花又重新点燃诗人的灵魂。
那先前发生的,但几乎未察觉,
现在才露出端倪,
而那些,曾含笑替我们耕耘,
装扮成奴仆,他们已被认出,

最有活力者，诸神的势力。

你打听他们？他们的灵随歌声飘荡，
当歌声从白天的阳光和温暖的大地
长出来，从空中的气候，和别的气候，
更早预备于时间深处，
对我们更有意蕴，更容易听见，
它们游移于天地之间和万民之中。
共有的灵之想象存于，
正默默终止，诗人的灵魂中，

于是，这灵魂很快被触及，早已
为无限者所知，被回忆
震撼，被神圣的弧光点燃，
果实在爱中诞生，诸神与人类的杰作，
它的歌，为了向二者证明，成功了。
神的闪电，如诗人所言，因为她渴望
亲眼见到那位神，就曾经落到
塞默勒的房顶，被神击中者
分娩出，雷雨的果实，神圣的巴克斯。

因此现在若是饮天火

大地的子嗣并无危险。
这正是我们的本分,赤头站立于,
你们诗人呀!上帝的雷雨中,
以自己的手握住天父的弧光,
他本身,把这上天的礼物
裹在歌中递给民众。
因为除非,像孩子一样,
心灵纯净,我们的手才是纯洁的,

天父的弧光,纯净,它从不灼伤,
虽深深震撼,与那更强者的悲苦
同悲共苦,心灵在势不可挡的风暴中,
当神降临时,始终毫不动摇。
但我惨呀!当从

我惨呀!

我立刻说道,

我靠近,是想看看天神,
他们亲自,他们将我深深抛入生者之中,

这个假祭司,抛入黑暗,好让我
为好学的人们唱一首儆戒之歌。
在那里

梅农为迪奥蒂玛悲歌

一

每天我都要出来,老是在寻找同伴,
　　我早已四处打听,没放过一条小径;
不管清凉的山峰,还是绿荫和流泉,
　　都留下我的足迹;灵魂上下求索,
渴望安宁;这中箭的兽又逃回树林,
　　平时的正午它在那暗处安全地憩息;
可是绿色的巢穴再不能安抚它的心,
　　哀嚎无眠,悲痛驱使它转来转去。
光的温暖和夜的清凉皆无助于它,
　　将伤口浸进河流的波浪也是徒劳。
就像大地枉然赐予神奇的草药,
　　任何微风止不住鲜血汩汩流淌,
我也是这样,亲爱的人们!仿佛是这样,
　　没人能从我额头抹掉这悲伤的梦?

二

是的!这也无济于事,死神呀!纵然
　　你们抓住他,牢牢擒住这个俘虏,
纵然恶魔把他带进阴森的黑夜,
　　他还会寻找、乞求,或者向你们发怒,
或者耐心地安居于魔力统治的国度,
　　含着微笑倾听你们干巴巴的歌谣。
若这样,就别想治愈创伤,悄悄睡去吧!
　　但你心中迸发出一个希望的声音,
你始终未能,哦,我的灵魂!对此你仍然
　　不能习惯;你会在铁实的长眠中梦想!
我没有节日,但我想用花环装饰鬈发;
　　我不是孤零零的吗?可是友谊定会
从远方飘然而至,我定会微笑并惊讶,
　　虽然深受痛苦,我怎能这般喜乐。

三

爱情之光呀!你是否也照耀死者,你,金光!
　　昔日的美景呀,你们也映照我的黑夜?

秀丽的花园,你们,晚霞映红的山峰,

 欢迎你们,还有林苑沉默的小径,

天堂般幸福的见证,和你们,遥望的星辰,

 那时你们常常赐予我祝福的目光!

你们,恋人,你们五月美丽的孩子,

 静静的玫瑰,百合,我仍然时常呼唤!

春天快乐地远去,一年驱赶另一年,

 交替着,争逐着,时光就这样呼啸而去,

掠过凡人的头顶,却留在极乐的目光前,

 只有恋人,他们被赐予另一种生命。

因为这一切,星辰的日子和岁月,凝聚于

 我们周围,迪奥蒂玛!深情而永恒;

四

可是我俩,亲密无间,似相爱的天鹅

 栖息在湖边,或者,随波浪轻轻漂摇,

湖水像一面镜子,映出银色的云彩,

 多美的一片蓝缓缓移向身后,可我俩

曾这样漫游大地。即使北风袭来,

 那恋人之敌,制造悲歌,即使树叶

从枝头飘落,即使骤雨在风中飞旋,

我们平静地微笑,在绵绵情语之中
感觉到自己的神灵;只一首心灵之歌,
 无比宁静地与自己相处,童真而快乐。
但如今家园荒芜,我的眼睛已经被
 他们剜去,我失去了她也失去了自己。
因此我流浪四方,也许,我只能这样活,
 像一个幽灵,余生对我已毫无意义。

五

我想欢庆;但为何?我想与人歌唱,
 但这般孤独,找不到一个神灵相伴。
这正是我的缺陷,我知道,某个诅咒
 因此麻痹了我的筋腱,将我抛向
我开始之处,我只好镇日枯坐,沉默
 如童子,只是眼里还常常冷泪暗流,
原野的花卉,小鸟的啼鸣令我忧伤,
 因为它们有欢乐,也是天国的使者,
但在我战栗的胸中,那给我生命的太阳
 正枉自缓缓沉落,凄凉如夜的幽光,
啊!虚无空幻,仿佛监牢的石壁,天空
 沉重的穹窿时时笼罩着我的头顶!

六

从前我不是这样!哦,青春,祈祷再不能
　　带回你,永远不能?再没有一条小径
引我归去?难道这也是我的命运,
　　像那些背弃神的人,也曾经两眼放光
坐在福乐的桌旁,但是很快餍足了,
　　那些狂热的客人,如今喑哑了,如今,
在风的歌声下,在鲜艳的大地下沉睡了,
　　直到奇迹的神力驱使他们,沉沦者,
再度归来,重新漫游在绿色的土地上。——
　　神圣的风神性地拂荡那明亮的人,
当节日的旋律响起,爱的潮流涌动,
　　多亏苍天的雨露,河水滔滔奔流,
当地下隐隐响动,黑夜交出宝藏,
　　埋藏的金光又从溪水中熠熠闪耀。——

七

可是你,哦,在分手的路旁,我为你失魂落魄,
　　你那时安慰我,指给我一条更美好的路,

你呀,曾默默鼓励我,教我探寻神迹,
　　更快乐地歌唱神灵,你自己静默如神;
神灵之子!你还会出现,像从前一样
　　问候我,告诉我,像从前一样,崇高的事体?
看呀!忍不住我为你哭泣悲诉,尽管
　　我的心为此羞愧,还念着更高贵的时代。
因为在大地晦暗的小径上,在迷惘之中,
　　我找你,对你难舍难分,已很久很久,
快乐的守护神!但徒劳无益,哦,光阴飞逝,
　　打从怀着预感看晚霞辉映我俩。

八

维持你,全凭你的光,哦,英雄!在光明之中,
　　你的忍耐,哦,善良的女人,爱你维持你;
你从不感到孤单;总是有许多游伴,
　　当你绽放并眠息于年的玫瑰花丛;
而天父,正是他,借温柔呵护的缪斯之口
　　为你送来柔和的摇篮曲。她依然如故!
是的!依然完美无缺,她悄悄走来,
　　像从前,浮现在我的眼前,雅典的女郎。
那模样!友好的精灵!从你遐思的前额

定有光沉入凡人之中并赐予幸福,
你也向我证明,还让我,因为别的人
　　跟我一样对此不相信,转告他们,
何必忧愁和愤懑,欢乐地久天长,
　　每日结束时总是一个金色的白日。

九

因此,天神呀!我仍愿感谢,快活的心灵
　　终于重新涌出歌者深情的祝祷。
像那时我与她并肩站在夕照的山峰,
　　神灵又向我言说,他在神庙里唤醒我。
我仍愿活下去!大地已泛绿!像发自圣琴
　　有个声音在召唤,从阿波罗的雪山!
快来吧!昨日像场梦!流血的翅膀终于
　　痊愈,所有的希望还活着,而且更年轻。
为找到圣地,还有许多,有许多险阻,
　　谁这样爱过,就该走,就必走通向神的路。
陪伴我们吧,你们,神圣的时刻!你们,
　　庄严的年轻的时刻!哦,留下吧,神圣的预感,
你们,虔诚的请求!和你们,激情及所有
　　喜欢留在恋人身边的善良的守护神;

请始终伴随我们,直到在共同的土地上
　那里所有的福人已准备重返人间,
那里有雄鹰、星辰,还有天父的使者,
　那里有缪斯,英雄和恋人也来自那里,
我俩在那里重逢,或在此,在化雪的小岛,
　我们的同类,当春色满园,相聚在这里,
这里歌声真切,春天美丽更长久,
　到那时我们灵魂的一年又重新开始。

激 励

天空的回音！神圣的心！为什么，
 为什么你在生者中变得喑哑，
  你睡了，自由的心！已永远
   被渎神者逐入黑夜？

天光不再像从前一样醒来？
 古老的母亲，大地也不再繁荣？
  精神不再适时地主宰，
   爱情也不再含笑眷顾？

可是天神们告诫，只有你不再！
 自然之呼吸，正在默默筹建，
  吹拂你，像吹拂空空的原野，
   她一往情深，让万物欢欣。

哦，希望！很快，很快林苑不再

独自唱生命的赞歌,因时辰已到,
　　从众人口中那更美的灵魂
　　　　庄严宣告自己的新生,

尔后在与凡人的联盟中,元素
　　更挚爱地构成,尔后大地的胸怀,
　　　　无穷无尽,才丰饶地展开
　　　　　　伴着虔诚孩子们的感激,

我们的日子又像花一样丰盛,
　　那时天上的太阳默默变换,
　　　　供万物分享,快乐者中间
　　　　　　光明再度快乐地闪现,

而他,筹划着陌生的未来,神灵,
　　精神,那无言的君王,以人的言语,
　　　　在美丽的白昼,如从前一样
　　　　　　向缓缓走来的岁月倾诉。

阿尔卑斯山放歌

圣洁,你呀,凡人和诸神的
至亲至爱!你可以在室内
或户外坐在他们脚下,
    那些老人,

富有知足的智慧;因为那人
识得一些善,可是他时常,像兽类,
惊奇地仰望天穹,但一切对你,
    纯净,何其纯净!

看呀!原野的猛兽,它们乐意
服侍你,信赖你,沉寂的树林,
一如从前,向你道出它的谶言,
    群山教给你

神圣的律法,唯独那奥秘,至今

伟大的天父仍令其向我们公开,
你可以向我们,见多识广,
　　　　　响亮地宣谕。

就这样独自与万灵同在,
任凭光逝去,风和流水,
时间匆匆赶往尽头,但目光
　　　　　总投向万灵,

我不知什么更喜乐,也不奢望,
只要浪潮还未卷走我,如柳树,
否则我只好放弃,沉睡,
　　　　　随波而逝;

但那神性的,谁以忠心保藏,
喜欢留在家园,你们,天国的语言!
只要活着,我情愿自由地
　　　　　解释并歌唱。

浪游者

孑孑独立,我放眼眺望非洲那一片
　　干燥的平原;从奥林波斯洒下火焰,
多么炽烈!劲势不亚于泰初,当神以闪电
　　劈开这里的山脉,造出高峰和深谷。
可是群山中没有一片新绿的树林不是
　　向着沉吟的天空升攀,葳蕤而壮观。
大山额头上没有装饰花环,它几乎不认识
　　絮叨的溪流,泉水也很难到达山谷。
潺潺流泉旁正午不为放牧的羊群倾斜,
　　没有好客的房顶从树林中亲切探望。
灌木丛歇着一只深沉的小鸟,歌喉未展,
　　但那些浪游者,一群鹳,匆匆飞逃而去。
那时我不为饮水而求你,大自然!在沙漠里,
　　虔诚的骆驼忠实地为我保存着水囊。
只为林苑的歌声,啊!为父亲的花园
　　我请求,故乡的候鸟勾起了回忆。

但你对我说：这里也有诸神并主宰一切，
    他们的法度弘大，人却喜欢用拃去衡量。

传说驱使我一路前行，去寻找别的风景，
    乘船溯流而上，我来到遥远的北极。
冰雪的荚壳里静静偃息着被束缚的生命，
    铁一般的长眠已守尽白昼的岁月。
因为不长久，奥林波斯的胳臂缠绕极地，
    就像皮格马利翁用双臂搂住恋人。
这里他不曾以太阳的目光触动她的胸怀，
    也从未在雨露中对她亲切地倾诉；
我为此感到惊异并傻傻地说：哦大地母亲，
    难道你就永远，像寡妇，失去了时间？
什么也不能繁殖，什么也不能在爱中培育，
    老了不再从孩子身上看见自己，像死亡。
但也许有一天你会在天宇的光芒中变暖，
    苍天的气息呵护你，唤醒你贫乏的长眠；
于是，像一颗种子，你撑破铁一般的硬壳，
    挣脱出来，光明问候这重获自由的世界，
所有积蓄的力量在繁荣的春天流光溢彩，
    玫瑰绽放，葡萄酒翻涌于贫瘠的北方。

我说了这番话，现在我返回莱茵河，返回故乡，

    轻柔，像从前一样，青春的风儿吹拂我；

熟悉的敞开的树林，曾将我抱在怀中

    轻轻摇动，安抚这颗求索的心，

那神圣的绿荫，福乐幽深的世界生命的见证，

    令我神清气爽，仿佛又回到少年。

游子已老去，冰极使我的脸色苍白，

    南方的火焰中鬓发也纷纷脱落。

但哪怕是在最后一个必死的日子，某人

    从远方归来，精疲力竭，现在又再次

看见这片土地，他的面颊仍必定重现

    红晕，几乎已熄灭，目光仍会闪耀。

幸福的莱茵河谷！没有一座山望不见葡萄，

    墙垣和花园全都掩映在葡萄丛中，

河上的每一条船满载着神圣的琼浆，

    城镇和岛屿陶醉于美酒和果实。

可是对岸那老者，陶努斯，微笑并肃然眠息，

    戴着橡树花环，那自由者垂下头颅。

现在小鹿走出了树林，阳光穿透云层，

    高高在欢畅的天空雄鹰巡视四周。

可是在下面山谷，那里的花儿靠泉水滋养，

村庄悠然自得,农舍铺散在草地上。
这里很安静。始终忙碌的磨坊在远处喧闹,
　　但是钟声为我预报白昼的倾侧。
敲打大镰刀铿锵悦耳,还有农夫的吆喝,
　　回家的路上他喜欢压住公牛的步子,
母亲的歌声悦耳,她和孩子坐在草丛中,
　　看够了一切他已入睡;但云霞红彤彤,
在闪亮的湖边,小树林染绿了敞开的大门,
　　金色的霞光在一扇扇窗户上晃悠游戏,
那里有家迎候我,还有花园亲近的幽暗,
　　那里慈爱的父亲曾经培育我和树苗;
那里我就像小鸟,在风中的树上自由玩耍,
　　或者从树林的顶梢窥望忠实的蓝天。
对这个浪子,你也向来忠诚,也忠贞不渝,
　　像从前一样,你友好地接纳我,故乡的天空。

桃树依旧为我繁茂,花儿仍令我陶醉,
　　恍若花树伫立,缀满玫瑰的灌木丛。
我的樱桃树已被暗红的果实压弯了枝,
　　枝条自己殷勤地伸向采摘的手。
小径也引我,如从前,步出花园走向树林
　　来到更自由的凉亭,或往下走近小溪,

我曾经躺在那里，不胜向往男子汉的荣耀，
　　胸怀宽广的水手；都因为你们的传说，
我必须离去，浪迹沧海荒漠，你们强悍者！
　　啊！那时候父母怎么也找不到我。
但他们今在何方？你沉默？你犹豫？家的守护神！
　　就连我也犹豫过！简直迈不动步子，
当我走近家门，像一个香客，我静静地站住。
　　还是进去吧，说这个陌生人是归来的儿子，
他们准会张开双臂并为我祝福，还为我
　　接风洗尘，我会重新拥有一个家！
但是我早已料到，如今他们也离我而去，
　　前往神圣的异国，他们的爱永不复还。

父亲和母亲？若还有活着的朋友，他们已经
　　别有收获，永远不再是我的弟兄。
我还会归来，像从前，呼唤往日的爱的名字，
　　召来一颗心，看它是否跳动，像从前，
但他们默默无言。时间就这样暗自主宰
　　离合聚散。我们都以为对方已死去。
于是我形影孤单。可是你呀，在云彩之上，
　　祖国之父！有大能的苍天！还有你，
大地和光！你们三者联合，司命并施爱，

永恒的神灵!我与你们永不分离。
从你们起步,我也与你们一道浪游四方,
　　你们,喜乐者,我历尽沧桑又带回你们。
因此现在递给我,盛满美酒直到莱茵河
　　高高的温暖的山巅,请递给我杯盏!
好让我先为神灵,再为纪念英雄和水手
　　干杯,然后也为你们,最亲密的人们!
父母和朋友!让我忘掉那一切艰辛痛苦
　　今朝与明日,尽快回到亲人们中间。

乡间行

——致兰道尔

来吧！进入敞开之域，朋友！虽然天光
　　今日很暗淡，乌云笼罩着我们。
群峰不开，也未如愿露出那
　　树林之巅，风儿睡着了空无歌声。
阴沉沉的今天，昏睡着大道和小巷，
　　我几乎有种感觉，仿佛在铅重的时代。
但愿望不会落空，虔信者不会怀疑
　　一个时辰，有兴致这一天终有好报。
因为苍天将赐予的，教我们同样欢喜，
　　这礼物它此时未给，但最终赏给孩子们。
唯愿收获抵得上这番言辞，还有
　　跋涉和辛苦，愿这份乐趣格外真实。
因此我甚至希望，当盼望的事情
　　终于开始，当大家打开话匣子，
找到了言语，打开自己的心扉，

当沉醉的前额逸出更高的沉思，
我们的兴头将引发苍天的兴头，
　　闪耀的天空也为开朗的目光敞开。

因为这不是非凡的事，但属于生活，
　　我们想做的，好像既得体又快乐。
但毕竟，带来福祉的燕子总是
　　有几只，在夏天之前，来到这地方。
就是以空中嘉言使这片土地神圣，
　　而会意的主人在此为客人建房；
让他们品尝并欣赏本地的佳美丰饶，
　　让饮食、舞蹈、歌曲和斯图加特的喜乐，
如心所愿，遂人意，合神道，锦上添花，
　　所以我们今天怀着期望上山去。
但愿这宜人的五月春光对此
　　再加赞美无需向灵醒的客人解释，
或者，像从前，若是其他的喜欢，因为
　　这习俗古老，而诸神常常含笑看我们，
愿木匠从房顶把咒语念叨，
　　我们，一直还顺利，做了自己的事情。

但很美这地方，当春天的节日里
　　山谷豁然开朗，沿内卡河而下

草地绿了,树林和所有绿树

　　数也数不清,开满白花,随轻风荡漾,

但山上薄雾一片,葡萄园降下

　　暮霭,生长并温暖在夕阳的芬芳下。

……①

但谁若问我:诸神在客舍会做什么?

……

可回答:他们,像恋人一样,欢聚而福乐,

　　只是在神庙他们才独居如新娘。

但只要仍有某个贱种按神类命名,

　　他们不会,绝不会成为我们的天神。

因为要么他们的至高者统治,其余的

　　盲从

要么他们争斗,这不会长久,要么

　　他消隐,如狂醉的酒席上,

这些也统统隐去,命运也拴着诸神,

　　因为生命的法规拴着众生。②

---

① 省略号皆为译者所加,表示该处残缺不全。——译注
② 这是第4段未完稿,左边空白处还写着两行诗:我想唱轻松的歌,但我从未如愿,/因为我的幸福从未让言辞[轻松]。——德文版编者注

卷 二

还 乡
——致乡亲

一

阿尔卑斯山中仍然是明亮的夜,云雾,
　　写着欢快的诗,笼罩深深的山谷。
顽皮的山风呼啸并拂荡而去,一道光
　　忽然穿过冷杉林,随风儿一闪即逝。
那欢喜战栗的混沌厮并着,缓缓地赶急,
　　形象还幼小,但强悍,它喜欢爱的纷争
在岩下,在永恒的阻障里酝酿,蹒跚,
　　因为早晨更狂放地莅临山间。
因为山中之年更无限地生长,神圣的
　　时辰,日子被拼接混合起来,更大胆。
但雷雨之鸟警觉时间,在群山之间,
　　它在高高的天空盘旋并召唤黎明。
这时山村也醒来,在深谷,跟高者很熟,

它无畏地从群峰之下仰望天空。
预感到成长，因为已飞流直下，似闪电，
　古老的山泉，瀑布坠地水汽弥漫，
四周回音震荡，这不可估量的工场
　日日夜夜手无闲时，将礼物发送。

<h2 style="text-align:center">二</h2>

拂晓时分银色的山巅静静地闪耀，
　亮晃晃的雪峰已经开满了玫瑰。
而再往高处光明之上长住着那纯粹
　极乐的神，陶醉于神圣霞光的游戏。
寂静地他独自栖居，他的面目明亮，
　这位天神似乎很喜欢赐予生命，
与我们共创欢乐，每当他，懂得分寸，
　懂得凡人，犹豫而怜惜，给城镇和家园
送来吉祥昌盛的福祉，温和的雨水，
　以便开垦土地，笼罩的云层，和你们，
最亲切的风儿，还有你们，娇柔的春天，
　并以缓慢的手让悲者重开笑颜，
当他更新季节，这创造之神，打动
　并激活老去的人们那沉寂的心灵，

或者致力于下界,敞开并光芒四射,
　　如他之所爱,而现在一种生活又重新
开始,华美风靡如初,当下之灵
　　莅临,喜悦再度鼓满了羽翼。

三

我向他倾诉过许多,因为诗人的沉思
　　或歌唱大多是针对天使与他;
我也请求过许多,为我的祖国,以免
　　这神灵不请而至,突然侵袭我们;
为你们也求过许多,被他照顾的同胞,
　　神圣的感恩替你们含笑送回流亡者,
乡亲们!为你们,此时湖水轻轻摇动我,
　　舟子安然闲坐,庆幸如意的航程。
辽阔的湖面荡起**一道**喜乐的波浪
　　在风帆之下,此时晨光里面一座城
闪闪浮现,一片繁华,港口有船只眠息,
　　或是从朦胧的阿尔卑斯引航而来。
这里的湖岸温暖,开阔的山谷亲切,
　　小径照亮翠谷,美景又把我映照。
花园似星罗棋布,枝头蓓蕾初放,

小鸟的歌唱仿佛在邀请归来的游子。
一切都显得亲切,路人匆匆的问候
　　也像故友相逢,到处是亲人的神态。

　　　　　四

有啥奇怪!这里是出生的地方,是故乡,
　　你要寻找的,已经很近,你就要见到。
这岂无缘由,像一个儿子,站在那碧波
　　荡漾的城前,携来歌声的游子,他在看,
在为你寻找慈爱的名字,幸福的林道!
　　这是本州的一道好客的门户,很诱人,
古道由此通向令人憧憬的远方,
　　那里有许多奇迹,还有那只神兽
从高地泻入平原,莱茵河开辟险径,
　　山谷自峭壁蜿蜒伸展,好像在欢呼,
从那里进去,穿越绚丽的群山,可到达
　　科摩,或随着太阳,渡过平湖而下行;
可是我觉得你更诱人,神圣的门户!
　　回家,那里有熟悉的道路,铺满鲜花,
去那里故地重游,内卡河秀丽的山谷,
　　茫茫的林海,圣树的翠绿,那里橡树

喜欢与山毛榉为伴，与静悄悄的桦树，

　　那里还有个山冈令我流连忘返。

五

都在那迎接我。哦，故乡的声音，母亲的声音！

　　哦，被言中，被你唤醒了我曾经熟悉的一切！
但它们依然是那样！阳光和欢乐依然

　　为你们绽放，哦，最亲爱的！在眼中闪亮，
还是像从前。是的！一切如故！在繁荣，

　　在成熟，但凡是活着的，爱着的，无一忘掉
忠诚。但那最好的，古珍，在神圣和平的

　　彩虹之下，仍然为老老少少保藏着。
我在说傻话。这就是喜悦。但明天或将来，

　　若我们出去，欣赏郊外青青的田野
在花树丛中，在春天的节日里我还会

　　跟你们谈论许多，爱人们！并满怀希望。
我听见许多传言，有关伟大的天父，

　　却对他一直沉默，主宰于群山之上，
在高空他常为漫行的时间注入生机，

　　他即将赐予我们上天的礼物并唤起
更嘹亮的歌声，还派遣许多善良的精灵。

哦，别犹豫，来吧，你们维护者！年之天使！

六

还有你们，家之天使，快来吧！愿天神，
　　让万民欣喜，化入生命的每条血脉！
让万民高贵！年轻！以便凡人的美好，
　　日之时辰无一缺失那些快活者，
以便这种喜悦，像此刻，恋人又相逢，
　　像理所当然，被适度赋予神圣的意义。
当我们为晚餐感恩，我能称呼谁，当我们
　　忙完一天去歇息，告诉我，我怎样感谢？
我可以称呼那高者？逾分的事情神灵
　　不喜欢，表达他，我们的喜乐几乎太小。
我们得时常沉默；神圣的名称阙如，
　　心儿在跳动，可是言语总是滞后？
但一曲弦乐给每个时辰配上音韵，
　　兴许可以取悦于正在临近的天神。
准备这个吧，于是那忧虑，一度浸入
　　欢乐之中，同时也几乎被平息。
忧虑，如这种，歌者必须，哪怕不愿意，
　　常常承担于心灵，但别人不必。

面饼和酒
——致海因策

一

四周街市已歇息;灯火的小巷渐渐安静,
　　装饰着火炬,马车呼啸而去。
饱含白日的欢乐人们回家去眠息,
　　一个精明人在家盘算赢利和蚀本
心满意足;繁忙的集市变得空荡荡
　　没有葡萄和鲜花,歇下了手的活计。
可是琴声从花园远远飘来;也许那里
　　一个恋人在拉琴或一个孤独的男人
怀念远方的朋友和青春岁月;还有喷泉,
　　不停地涌出,在芬芳的花坛边幽咽轻吟。
暮沉沉的空中静静响起敲击的钟声,
　　惦记着时辰,一个更夫报出钟点。
现在风儿也来了,拂动树林的顶梢,

看呀！地球的伴友像幽灵，月亮此时
也悄悄到来；那沉醉的夜正在来临，
　　缀满了星星，大概很少为我们担忧，
在那里，令人惊奇的夜，人们中间的陌生者，
　　在群峰之上悲哀而壮丽地闪闪升起。

二

那崇高超拔者的恩宠是神奇的，没有谁
　　知道她来自何方，带给人什么际遇。
所以她打动世界和满怀希望的灵魂，
　　连智者也不明白她筹划什么，因为
那至高的神，他很爱你，喜欢这样；因此
　　深思熟虑的白昼，你觉得，比她更可爱。
但有时明亮的眼睛也喜爱阴影
　　并乐意尝试安眠，在必需之前，
或一个忠诚的男人也喜欢凝望黑夜，
　　是的，这是礼节，献给她花环和颂歌，
因为她已被奉为迷失者和死者之神，
　　自己却永存于最自由的精神之中。
但是她也必定，以便在踌躇的时刻，
　　在黑暗中有些可靠的为我们留存，

恩赐给我们遗忘和神圣迷醉的物事,
　　赐予滔滔的言语,当如恋人一般,
永不歇息,和更满的杯盏、更狂放的生命,
　　也有神圣的记忆,始终清醒在夜里。

三

也是无端地把心藏于胸怀,就是无端地,
　　师长和弟子,我们还鼓足勇气,因为谁
会阻挠此事,谁会禁止我们的欢乐?
　　神的火焰总是催人,在白天和夜晚,
启程。所以你来吧!好让我们看那开显的,
　　让我们寻找一个自己的,不管它多远。
有件事铁定不移;无论在正午还是
　　直到子夜,一种度始终存在,
为众生共有,但每一个也赋有自己的份,
　　每一个去向他所能去的地方。
因此!而极乐的颠狂喜欢反讽讽刺,
　　当它在神圣的夜里突然攫住歌手。
因此到伊斯特摩斯来吧!那里开阔的海呼啸于
　　帕耳那索斯山麓,雪闪闪覆盖德尔斐的悬崖,
到那里的奥林波斯山,在那里登客泰戎山顶,

去那云杉林中,葡萄园中,伊斯墨诺斯
从那里发源,下面有仙女,在卡德摩斯的领地,
莅临之神来自那里并回头指点。

四

福乐的希腊!你呀,所有天神的家园,
　　那么是真的,我们年少时听过的神话?
喜庆的大殿!地面是海!餐桌是群山
　　真的为唯一的风俗在太古建起来!
可是王座,在哪里?神庙,可哪里是杯盏,
　　盛满美酒,在哪里,取悦众神的颂歌?
哪里,哪里仍熠熠放光,远远应验的箴言?
　　德尔斐已沉睡,伟大的命运沉吟在哪里?
那迅急的在哪里?哪里,时刻充满幸福,
　　它又挟雷声从晴朗的天空袭向双目?
天父啊!这样的呼唤曾经口口相传
　　千遍万遍,没人能独自承受生命;
这财富令人喜悦,被分发并与陌生人交换,
　　正变成欢呼,言语的威力在沉睡中增长:
父亲!欢喜!不管传得多远,古老的口号,
　　被父母所继承,响彻大地,触击并创造。

因为天神是这样来临,他们的白昼是这样,
　　震撼人心,从阴影中降临到人们中间。

五

未被认清他们初来时,只有孩子们奋力
　　迎向他们,来得太明亮,幸福太炫目,
人畏惧他们,一个半神也几乎道不出
　　姓甚名谁,那些持礼物靠近他的。
但他们勇气极大,他们的喜乐充满了
　　他的心灵,他几乎不会使用这财富,
创造着,挥霍着,不祥之物几乎变得神圣,
　　他以祝福的手去触摸,憨厚又善良。
天神对此尽可能忍耐;但随后他们自己
　　以真相走来,人们慢慢习惯于幸福
和白昼,打量那些显露者,那些神祇的
　　面孔,他们早已被称作**一和一切**,
如今使缄默的胸怀饱含自由的满足,
　　还初次并独自成全了一切心愿;
人就是这样;当财富在此,一位神亲自
　　以礼物关照他,他却认不得看不见。
他得承受,起初;但现在称之为至爱,

现在，对此的言语须产生，如花一般。

六

现在他开窍了，对极乐的诸神肃然起敬，
　　人人必须，真诚又真实，道出赞美。
谁也不许审视光，高者不喜欢这样，
　　随意尝试的言辞不宜送达天宇。
因此各个民族排成壮观的阵容
　　聚在一起，庄严地站在天神面前
并建造那些美丽的神庙和城池
　　坚固又高贵，它们耸立在海滨——
但他们在哪里？熟悉者繁荣在哪里，节日的
　　王冠？忒拜和雅典已凋敝；兵器不再
铿锵于奥林匹亚，竞赛的金车不再喧腾，
　　科林斯的航船就再也不装饰花环？
为何它们也沉默，神圣古老的戏剧？
　　为何连神授之舞也不欢欣？
为何神不在此人的前额打上标记，
　　不给被击中者，像从前，留下烙印？
抑或他也曾亲自到来，取人的形象，
　　完成并结束，留下安慰，天神的节日。

七

可是朋友！我们来得太迟。诸神虽活着，
　　却在高高的头顶，在另一个世界。
他们在那里造化无穷，好像不在乎
　　我们的存亡，然而天神很爱护我们。
因为脆弱的容器并非总能盛下他们，
　　只是有时候人可以承受神的丰盈。
天神之梦从此就是生命。然而这迷惘
　　有益，如眠息，困厄和黑夜使人坚强，
直到英雄在钢铁摇篮里成长起来，
　　心已蓄满力量，如从前，与天神相像。
他们随即挟雷声降临。在此期间，我常常
　　思忖，长眠倒胜过这般苦无盟友，
这般守望，该做什么，在此期间说什么，
　　我不知道，贫乏的时代诗人何为？
但诗人就像，你说，酒神的神圣祭司，
　　在神圣的夜里走遍故土他乡。

八

就是说，在很早以前，我们思念已久，
  他们都升天而去，那些赐福于生命的，
当天父向人们背过他的脸去，
  而笼罩大地的悲哀该当开始，
当一位沉静的守护神最后出现并赐予
  天国的安慰，宣告白昼结束并消失，
天使合唱团那时便留下一些礼物，
  以此昭示它曾经在此并还会再来，
这些礼物或可给我们，像从前，属人的欢乐，
  因为在人们中间，更伟大的已变得太大，
而分享至高喜乐的强者，那与神同在的喜乐，
  始终阙如，但一些感恩仍默默存活。
面饼是大地的果实，却也是光的恩赐，
  葡萄酒的喜乐来自那雷鸣之神。
因此我们享用时也怀念天神，他们一度
  在此并将在适当的时候归来，
因此歌手们也严肃地歌唱酒神，
  并非臆造，颂歌为古老者响起。

九

是的！他们说得对，他使白昼与黑夜和解，
　　永远引导天穹的星辰沉落又升起，
始终快乐，像四季常青的云杉的树叶，
　　他所喜爱的，和他挑选的常春藤花环，
因为他留下来，亲自将诸神消遁的踪迹
　　为渎神者引下来，引至黑暗之中。
古人在歌中对上帝的孩子们所预言的，
　　看吧，那便是我们；那便是西国的果实！
神奇而准确，它仿佛已在人身上实现，
　　谁若去验证，谁准信！但许多事在发生，
无一奏效，因为我们无情，是幽灵，直到
　　我们的天父认出每一个并属于众人。
但在此期间作为挥动火炬者，至高者
　　之子，那叙利亚人降临到幽灵中间。
有福的智者看见了；从被缚的灵魂闪现出
　　一个微笑，他们的眼睛还为光而融化。
提坦更温柔地梦幻，沉睡于大地的怀抱，
　　就连妒忌的刻耳柏罗斯也醉饮并沉睡。

[末段 10—14 行后来的变体]

谁若去验证，谁准信！就是说神灵在家
不是在起始，不是在源头。故乡令他销魂，
　　爱垦殖，神灵便爱勇敢的遗忘。
我们的鲜花和树林的荫凉令他喜悦，
　　忍饥受渴者。赐予灵魂者险些被焚毁。

斯图加特*

——献给西格弗里德·施密特

又经历了一次幸福。危险的干旱已痊愈,
　　火辣辣的光不再灼伤花朵。
一座大殿现在又已敞开,花园康健,
　　雨后的清新,山谷高高地闪烁喧阗,
那是树林,溪流升涨,所有被缚的
　　翅膀又敢于飞入歌的王国。
空中充满了欢歌,城市和林苑周围
　　到处是苍天的满足的孩子。
他们喜欢相会却又彼此迷失,
　　无忧无虑,似乎没一样太少或太多。
因为这正是心的旨意,而呼吸幽美,
　　那适度的,乃一位神灵所恩赐。
但游乐者也得到妥善的指引并拥有

---

* 此诗最初发表时标题为《秋天的庆典》。——译注

足够的花环和歌谣，有神圣的仪仗，
饰以密密的葡萄和叶片，还有云杉和阴影；
　　欢呼声从村庄到村庄，一天又一天，
好似乘舆，套上自由的兽，群山
　　奔驰向前，小径徐步或疾行。

难道你现在以为，诸神打开了大门，
　　使大道喜气洋洋，不过是徒劳？
善良的神也把葡萄酒柱自赠予
　　丰盛的飨宴，还有花和蜜和水果？
把紫色的光赠予节日的歌唱并把夜，
　　清凉又宁静，赐予朋友更深的交谈？
若要务缠身，且把它推至冬天，若你想
　　求婚，须有耐心，五月无偿地赐福。
现在有别的大事，快来吧，庆祝秋天
　　古老的风俗，这佳节至今与我们共荣。
节日里只有一个话题，祖国，每个人
　　把自己的生命投入祭祀的圣火。
因此那共同的神吹拂并装饰我们的鬈发，
　　烈酒才融化，如珍珠，自己的观念。
这便是盛宴的意义，当我们，像蜜蜂
　　围绕橡树，围桌而坐并欢唱，

这便是碰杯的意义,因此合唱曲才迫使
　　争斗者狂热的灵魂聚在一起。

但为了不让我们,像聪明过头的人,
　　错过这扫尾的季节,我立即迎上前去,
直到故乡的边界,那里蓝色的河水
　　环绕小岛和我可爱的出生地。
那是我的圣地,大河两岸,还有那苍山,
　　连同花园和房子从波涛中升起。
我们在那里相会;哦,善良的光!正是在那里
　　你的朝霞,更令人难忘的,初次照耀我。
那里曾开始可爱的生活,现在又重新开始;
　　但我会看见父亲的坟墓并向你哭泣!
哭吧,哭个够,你有个朋友,聆听圣言吧,
　　它曾以天国的妙术治愈我爱情的痛苦。
别的又醒来!我得给它讲述民族的英雄!
　　巴巴罗萨!和你,善良的克利斯多夫,还有你,
康拉丁!又有强者正像你一样倒下,常春藤
　　绿了山崖,狂放的树叶荫蔽城堡,
对于歌者,过去像未来一样神圣,
　　秋天的日子我们以荫凉犒劳自己。

于是想着那些强悍者和提升心灵的命运,
　　无为的我们,轻松地,但也被天穹关注,
像古人一样虔诚地,神灵造就的欢快的
　　诗人欢快地漫游,溯流而上。
处处是伟大的生成。年轻的一代诞生于
　　那里最边远的山区并走下山来。
潺潺的泉水来自那里,上百条忙碌的小溪
　　日夜向下奔流并把田野灌溉。
但大师耕耘这片土地的中心,内卡河
　　开出垄沟,把福祉带到平原。
意大利的和风随它而至,大海送来
　　一朵朵云彩,也送来灿烂的阳光。
因此丰饶也茁壮生长,几乎超过了
　　我们的头顶,财富被送到这里,
可爱的农夫更加富裕,但是山民们
　　并不妒忌他们的花园,葡萄园
或茂密的草地,还有庄稼和闪亮的树木,
　　排列在路边,在漫游人的头顶。

可是当我们一路观赏,穿过盛大的喜乐,
　　大道和白昼远去了,我们依然沉醉。
因为那声名远扬的城市,被神圣的树叶环绕,已经闪现在眼前，抬起庄严的头颅。
她屹立在那里，高高地举着葡萄架子
　　和冷杉，直至福乐的紫色的云端。
　　款待我们吧！这是客人和儿子，哦，故乡的女侯爵！
　　幸福的斯图加特，友好地接纳异乡人吧！
你总是赞赏笛子和琴弦伴奏的歌唱，
　　我深信不疑，还有歌中喃喃的稚语
和甜蜜的忘却艰辛，当神灵亲临之时，
　　因此你也乐于让歌者开心。
而你们，更伟大的，你们快活者，永远生活着，
　　统治着，也被认出来，或者更强悍，
当你们在神圣的夜里施为并创造，独自主宰，
　　以大能引领有预感的一族向上，
直到这些年轻人回忆起那边的先辈，
　　沉思者成熟和清醒地站在你们面前——

祖国的天使！哦你们，孤单的人面对你们，
　　目光再坚定也会躲闪，膝盖哆嗦，
因此他得求助于亲朋好友，请求他们，
　　与他一道承担这令人喜悦的重负，
我感谢你们，哦，善良的天使，替他和一切朋友，

在凡人中间他们是我的生命和财富。
夜即将来临！让我们赶快，今天仍要欢庆
　　秋天的节日！心已饱满，但生命短暂，
美妙的白昼令我们言说的，若要道出它，
　　亲爱的施密特！我俩难以胜任。
我给你带来了良友，欢乐的火焰将高高
　　升腾，更大胆的言语会更神圣地涌出。
你听！多纯净的言语！酒神友好的礼物，
　　供我们分享，只能由爱者共享。
再没有别的——哦，你们快来吧！哦，让聚会成真！
　　因为我独自一人，没有谁从我的前额
摘走美梦？快来吧，把手伸过来！这或已足够，
　　但更大的欢喜让我们留给孙辈。

诗人的使命

恒河两岸曾听见欢乐之神
  凯旋,当年轻的巴克斯征服一切,
    从印度一路走来,
      以神圣的酒唤醒沉睡的民族。

而你,白昼之使者!你不唤醒
  依然昏睡的人们?赐予法规吧,
    给我们生命,胜利吧,大师,
      唯独你有征服的权力,如酒神。

当务之急或不是人的平常的命运
  和忧虑,在家中和开阔的天空下,
    当男人,比兽更高贵,
      保家并谋生!而是另一件事,

让诗人明白自己的忧虑和职责!

那至高者，正是我们适宜的，
　　这相亲之心应当
　　　　更近地常新地歌唱并聆听他。

可是，哦，你们天上所有的神灵
　你们流泉，你们河岸，树林和山冈
　　在那里不期而遇的守护神
　　　第一次，那时你揪住我们的鬈发，

那富有创造性的神者攫住我们，
　美妙而难忘，顿时令我们
　　目瞪口呆，全身战栗
　　　仿佛被他的光芒所触及，

你们，茫茫尘世上无尽的业绩！
　你们，命运的日子，汹涌的岁月，当此神
　　沉思并引导，雄壮的马群
　　　在激怒中将他带往何方，

我们得瞒住你们，当我们心中
　响起始终寂静的年之谐音
　　那旋律听起来却像

    大师的童子大胆而随意

戏谑地拨动圣洁纯净的琴弦？
 因此你，诗人！领教过东方的先知，
  聆听了希腊的歌声
   和最近响起的雷鸣，以便你

用精神来效劳，迫不及待地超逾
 好人之当下，不无讽刺，
  还否弃老实人，冷酷无情，
   驱使他表演以获利，如捉住的兽。

直到被刺棒激怒，他在愤恨中
 想起了本源并呼唤，于是大师
  亲自降临，然后
   让你葬身于死亡的箭镞。

已太久，一切神灵被役使被耗尽，
 狡狯的一族，任性，忘恩负义，
  轻易失去了一切天神，
   善良的神祇，自以为识得，

当那崇高者为他们耕种田地,
　　白昼之光和雷神,还用望远镜
　　　窥视天上的星星,
　　　　似无遗漏,清点并为其命名

但是天父以神圣的夜遮住
　我们的眼睛,好让我们驻留。
　　他不喜欢疯狂!
　　　远播的威力却也镇不住天穹。

太有远见,也毕竟有好处。感恩
　认得他。单凭一个诗人却很难
　　维持这份情,他喜欢
　　　结交,好让人们助一臂之力。

但那人毫不畏惧,他必须这样,
　独自守着上帝,有单纯庇护他,
　　无需武器和计谋,
　　　直到上帝的缺席奏效。

人民的声音

你当是上帝之声,我总是这样认为
　　在神圣的青春岁月;是的,至今未变!
　　　　虽然对我们的智慧
　　　　　　无动于衷,江河也奔腾呼啸,

但谁不爱它们?它们打动我的心,
　　每当我听见远方消失的河流,
　　　　充满预感的,与我殊途,
　　　　　　但更肯定匆匆奔向大海,

因为忘记了自己,随时准备
　　实现诸神的愿望,一切必死的,
　　　　一旦睁着双眼行走在
　　　　　　自己的小径上,谁个不喜欢

取最短的道回归宇宙;故山涧

奔涌而下，寻求眠息，神秘的渴望
　驱使它，违逆它的意志，
　　越过一块块巨石，将失控的湍流

拽入深渊；那无拘无束的境界
　动人心魄，死亡的激情也同样
　　攫住民众和胆大的城市，
　　　他们尝试最佳之举，一年又一年

推进自己的事业，最后承受
　一个神圣的终结；大地绿了，
　　漫长的艺术静静地
　　　躺在星辰面前，犹如祷告者，

被抛入尘土之中，自愿被征服，
　躺在那些不可效仿者面前；
　　人自己，因为敬仰崇高者，
　　　艺术家亲手毁掉自己的作品。

可是诸神对人亲善如故，
　他们重新施爱，一如被人爱，
　　常常阻碍人的行程，

　　　　好让人在光明中长享喜乐。

不只是雕的幼鸟，雄雕把它们
　　赶出家巢，不让它们在身边
　　　　盘留得太久，主宰者
　　　　　　也用合适的毒钩驱逐我们。

那些人有福了，那些得到安息的，
　　和不是寿终正寝的，还有，还有
　　　　那些牺牲者，像最初的
　　　　　　收获，他们终于享有了一份。

那座城，古希腊时代，躺在桑索斯河边
　　但如今，像眠息在那里的城郭
　　　　它穿过一种命运
　　　　　　远离了神圣的白昼之光。

但他们不是在看得见的激战中
　　自刎而死。听起来很可怕，
　　　　那里发生的事情，
　　　　　　神奇的传说从东方传向我们。

布鲁图斯的善心激怒了他们。
　因为当大火刚刚燃起，他主动
　　向他们提供援助，虽然他
　　　身为统帅，站在被围困的城门前。

可是奴仆们把他派去的士兵
　扔下了城墙。大火越燃越猛，
　　他们却十分欢喜，
　　　布鲁图斯向他们伸出双臂，

在场的人都激动不已。叫喊
　和欢呼响成一片。男人和女人
　　随后跳入火海，那男孩
　　　也从房顶扑向父辈的刀丛。

抗拒英雄是不可取的。但为此
　早已做好了准备。祖先也曾经，
　　那时候群情激愤
　　　而波斯的敌人即将破城，

把家园焚毁，他们紧紧抓住
　河边的芦苇，宁愿为自由而死。

最终烈火卷走了房屋,
　　　　神庙和人们,飞向神圣的天穹。

这些是孩子们所说的,而传闻
　或不无裨益,因为对于至高者
　　它们是一个忆念,但毕竟
　　　需要一个人来解释神圣的传说。

在多瑙河源头

……

因为,就像当高高地从声调庄严的管风琴
在神圣的殿堂,
自永不枯竭的琴管中纯净喷涌,
早晨的序曲开始并唤醒人们
而四处弥漫,从堂屋到堂屋,
那沁人心脾的,那旋律之潮现在澎湃,
直到冷冷的阴处,家宅
充满了灵感,
但现在醒来了,现在,徐徐上升,
教区的合唱响应它,
节日的太阳:圣言也曾经
从东方传向我们,
在帕耳那索斯悬崖旁,在客泰戎,此时我听见,
哦,亚细亚,你的回音,不绝如缕

在古罗马城堡旁；突然从阿尔卑斯山
降下一个陌生者
走向我们，那唤醒者，
那塑造人类的声音。
这时惊骇攫住了所有
听者的灵魂而黑夜
曾一直笼罩最善良者的眼睛。
因为人颇有本事，
也能以技艺征服洪水，巉岩
和威烈的火焰，
思想高尚者并不看重剑，
但是面对
神灵，站立的强者已被击倒，

并几乎等同于野兽；它，
被甜蜜的青春所驱使，
不停地漫游，翻山越岭，
感觉到自己的力量
在正午的炎热中。可是当
神圣的光，在嬉戏的微风里，
降临下来，挟清凉的霞辉
那欢乐的神来到

有福的大地,它便屈服,不习惯
至美者,并睡一觉警醒的睡眠,
当星宿尚未临近。我们也同样。因为有些人的
目光已熄灭,早在神灵赠送的礼物之前,

友好的礼物,为我们来自特洛亚,
也来自阿拉伯,而那些
长眠者的灵魂从不为珍贵的教导
也不为美妙的颂歌欢喜,
但曾经有人醒着。他们常常满足地
漫步于你们中间,你们美丽城邦的市民,
在竞技场上,那里看不见的半神从前
悄悄坐在诗人们身边,观看角力者,微笑
并赞美,那备受赞美者,轻松严肃的孩子们。
一种永不止息的爱,古今恒在。
永远的分离,但因此我们
仍彼此思念,你们快乐者在伊斯特摩斯,
在刻菲斯河边和泰革托斯山麓,
我们也思念你们,高加索的山谷,
你们如此古老,你们,那里的乐园,
还有你的祖先和你的先知,

哦，亚细亚，你的强者，哦母亲！
他们无畏地面对世界的标志，
肩负着天穹和一切命运，
数日扎根于山上，
最先懂得了
独自言说
对上帝。他们眠息了。但如果你们，
而这是该当告诉的，
你们所有的老人，不曾告诉，我们
如何称呼你：万般无奈，自然！
便是你的名称，一切神性诞生者，
如全新出浴，从你长出。

虽然我们行走，几乎像孤儿；
境况还好，像从前，只是不再有那种眷顾；
但是少年们，怀念童年，
仍在家中，对那个也不陌生。
他们三重地生活，也恰如
天穹最初的子嗣。
并非无益，忠贞
早已被植入我们的灵魂之中。
岂止我们，它也将你们护持，

在圣迹之地，即圣言的武器之地，
那是分离时你们命运之子
留下的，为我们，命运阙如者，

善良的神灵，你们也在那里，
常常，神圣的云彩随后罩住某人，
我们顿时惊异，不知作何解释。
但你们以琼浆调养我们的呼吸，
于是我们时常欢欣或突然陷入
一种沉思，但你们若是太爱某人，
他不得眠息，直到变成你们中间的一个。
因此，你们善良者！轻轻围住我吧，
好让我留下，因为有些还必须歌唱，
但现在，喜乐又悲泣，
像一个爱的传说，
我的歌已竟，它也一样，
我脸色绯红，苍白，
是来自泰初。但万物皆如此。

日耳曼

不许,他们,曾经出现的极乐者,
那古老的国度里的诸神形象,
我真的不许再唤醒他们,但是当,
你们故乡的江河!心灵之爱此时
随你们一道悲诉,还想望别的什么,
这神圣忧伤的心?因为这片土地
充满期望,仿佛在炎热的日子
天幕低垂,阴霾今日,
你们渴慕者!笼罩着我们,充满预感。
天空上满是预兆而我也
感觉到威胁,但我愿待在这里,
我的灵魂不该朝后逃向
你们,逝去者!我太喜爱你们。
因为看见你们美丽的容貌,
这似乎,像往常,我害怕这样,这是致命的,
况且几乎不允许,将死者唤醒。

隐去的诸神！你们当下的，你们那时
更真实，你们也有过你们的时代！
我在此不想否弃，也不想求得什么。
因为完结之时，当白昼熄灭时，
也许最先击中那祭司，可随后在爱中
神庙以及他的像和他的习俗
聚向昏暗的国度，什么也不能闪耀。
只仿佛从坟墓的火焰，尔后
一缕金色的烟雾，传说，飘过上空，
正化作暮霭笼罩我们双重者的头颅，
没有谁知道，他有何遭遇。他察觉
曾经这般存在者的影子，
古老者，这般重新造访大地。
因为那些眼下该来的，威逼我们，
而那一群神圣的半神半人
也不再久久地延宕于蓝天。

是的田野，在更粗蛮的时代的序幕中
为他们培植的，已经绿了，礼物已备好
为牺牲之餐，山谷与河流
豁然开阔，环绕先知的山冈，
于是那人或可直望到

东方,那里的许多变迁令他感慨。
可是从天穹降下
忠实的像而诸神的咒语从天上
纷纷洒下;沉吟在最灵性的树林里。
雄鹰,来自印度,飞越了
帕耳那索斯
白雪覆盖的巅峰,高高翱翔于意大利
牺牲之丘陵上空,为天父寻找
快乐的猎物,不像从前,老鹰的飞翔
更娴熟,欢呼并展翅,他最后
越过阿尔卑斯山并望见形态殊异的地域。

这女祭司,上帝最沉静的女儿,
她太喜欢沉默于深邃的单纯之中,
他寻找她,她总是睁眼张望,
仿佛不知道,不久前,一场风暴
就在她头顶轰鸣,险些勾魂索命;
这孩子预见到一条更好的路,
最终在天宇无处不惊奇,
因为据说有个女孩信仰之伟大,
恰如他们自己,赐福的高天的势力;
因此他们派来了使者,他很快认出她,

微笑并思忖:你,不可摧毁的,
另一种言定能考验你,随即高声宣谕,
这青年,目光望着日耳曼:
"你就是,被选中的,
无所不爱,为承担一种
沉重的幸福,你已变得强大

从那时以来,那时藏在森林里,在诱人入梦的
罂粟花丛中,你醉了,没有察觉我,
还远远早于那些卑微者,他们也感觉到
处女的骄傲并惊异,你属于何族来自何地,
但你自己也不知道。我没有认错你,
悄悄的,你还在梦中,我在正午
离去并给你留下一个朋友的标志,
嘴之花,于是你孤独地言说。
可你现在也送出丰盈的金色话语,
福乐者!以条条江河,它们永不枯竭
涌向四面八方。因为,像神圣的大地
是你的母亲,这隐秘者,
人们通常的称呼,几乎是万有之母,
故为爱与苦之母,
充满了你的预感,

充满了心的宁静。

哦,畅饮晨风吧,
直到你敞开,
称道在你眼前的吧,
秘密再不能
还是未曾言道的,
在久久隐蔽之后;
因为羞涩对必死者正得体,
而长期以来如此称呼
众神,也是神的智谋。
可一旦金色之言,比纯净的泉水,
更丰沛,天穹的愤怒也变得郑重,
昼与夜之间必有
一种真实之物出现。
你得三番委婉地表达,
但它也须始终,纯洁的女孩呀,
一如它在此,不曾被言道。

哦,称一声,你神圣大地的女儿,
母亲吧。响起来了岩石边的溪涧
和森林中的雷雨,在称大地之名时

远古时代逝去的神灵又朝着我们震鸣。
这何其不同！未来之神也令人欣喜地
自远方闪耀并言语，向右而去。
可是在时间的中段
苍天与大地，
这贡献的处女，平静地生活，
多么喜欢，正唤起回忆，他们，
那些自身俱足者
热情好客，在自身俱足者中间，
在你的节日庆典上，
日耳曼，你是那里的祭司
并将不可抵挡的忠告
赠与周围的帝王和民众。"

唯一者（第一稿）

究竟是什么
让我迷上那些海岸，
古老而福乐，以致我
爱它们胜过我的祖国？
因为我仿佛
已卖身于天国的
囚禁，那里以国王的形象
阿波罗巡行，
宙斯也曾经垂顾
纯洁的少年，那高者在人间
繁殖了众多
神圣血统的儿女。

因为许多
崇高的思想
出自天父的头颅，

伟大的灵魂
也从他趋向人们。
我听说过
埃利斯和奥林匹亚,
曾站在帕耳那索斯山顶,
俯瞰伊斯特摩斯群山,
也曾经登上
斯米耳那山
并下至以弗所山底;

美好的事物我见过许多,
也曾经赞美上帝的
形象,它依然活在
人们中间,但始终,
你们古老的诸神,你们
所有勇敢的诸神之子,
我仍在寻找一位,
在你们之中我爱他,
你们族类的最后的神,
家园的珍宝,你们
向我这陌生的客人隐藏。

我的君王我的主呀!
你呀,我的导师!
为何你藏得
远远的?那时
我在古老者中间
询问英雄
和诸神,你为何
不在场?我的灵魂
现在充满了伤悲,
仿佛,你们天神,也妒忌,
因我服侍一个,
却怠慢了其余。

当然我知道,这是自己的
过错!因为我,
哦,基督!过分依恋你,
虽是赫剌克勒斯的兄弟,
我且大胆承认,你
也是厄维耳的兄弟,他
曾经以老虎
驾辕并驱车
直下印度

传令欢乐的祭祀
开辟葡萄园
并抑制民众的狂暴。

可是有一种羞怯阻止
我,将你等同于
人世的勇士。当然我知道,
那位造就你的,你父亲,
同一个,他,

因为他从不独自主宰。

可是爱眷恋着
一位。这一次
可以说歌声一往情深
发自自己的心灵,
我愿意弥补过失,
如果我还唱别的歌。
我从未,如我所愿,
言中法度。但一位神知道,
当我期望的来临,最好的。
因为就像主

曾在大地上行走，
一只被缚的鹰，

而许多见过
他的人心怀畏惧，
当天父尽自己
最大的可能，在人们中间
真正成就他的最佳，
而圣子也始终
很忧伤，直到
他乘风升天而去，
就像那只鹰，英雄的灵魂同样被束缚。
诗人，灵性的诗人
也须是人世的。

漫 游

幸福的苏埃维安山,我的母亲!
你也像更璀璨的姊妹,
那边的伦巴第,
有上百条小溪流过,
一片片林子,开着白色和粉红色的花,
更幽暗的森林,蛮荒,长满深绿的树叶——
瑞士的阿尔卑斯山,相邻之山,
也把你荫蔽;因为你住在家灶的
近旁,听见泉水从里面
从牺牲者银色的面纱
潺潺涌出,被纯净的手
向外倾洒,当晶莹的冰

被温暖的阳光
抚摸,雪峰崩塌于
轻轻触动的光照之下

以最纯净的水
浇灌大地。因此
你是天生的忠贞。居于
源头近旁的，很难离开住地。
你的孩子们，那些城镇，
在朝霞铺散的湖边，
在内卡河的草地旁，在莱茵河畔，
无一不觉得在别处
恐怕找不到更好的栖居。

但我欲前往高加索！
因为至今我
仍在风中听说
诗人，像燕子，是自由的。
在更年轻的日子
原本也有人告诉我，
昔日的祖先，
很久以前，是剽悍的一族，
被多瑙河的浪潮静静地带往远方，
他们与太阳的孩子们，
那时这些人寻找荫凉，在最是
辛劳的一天，心中惊喜，

相遇在黑海之滨,
不是没有道理
它被称为好客的海。

因为最初彼此望见时,
是那些人首先走近。随后我们的人
也十分好奇地坐到
橄榄树下。但是,当他们的衣裳
此时贴在一起,没人能听懂
对方奇特的言语,险些爆发
一场纷争,若非从树枝间沉下
一阵阵清凉,
不时让微笑荡漾在
争执者的脸上。有好一阵
他们安静地仰望。随后向对方
伸出手去相亲相爱。随即

他们交换武器和一切
可爱的家用物品;
也交换言语。和蔼可亲的父辈
在欢庆新婚时给孩子们的
祝福无一枉费。

因为这些神圣的新人
繁衍出，比一切更美丽，
凡此前和此后
把自己称作人的，一个种族。哪里，
但你们今在哪里，可爱的亲人，
可让我们再次欢庆结盟
并怀念可敬的祖宗？

在那里的岸边，在爱奥尼亚的
绿树下，在开斯忒平原，
那里的鹤鸟，喜爱天空，
被放射出霞光的群山环绕，
你们也曾在那里，最美的人！或开发
岛屿，让葡萄漫山，
歌声四处飞扬；还有别的人
定居在塔宇革忒，
最后的辉煌。可是从帕耳那索斯
山泉直到特谟洛斯
金光闪闪的溪流回荡着
一首永恒的歌。所以那时候
神圣的树林和一切
弦乐齐声鸣响，

被天穹的慈祥所感动。

哦，荷马的故乡！
在紫色的樱桃树旁，或者当
年幼的桃树，是你送来的，
在葡萄园里为我变绿了，
燕子从远方飞来并说个不停
在我的墙壁上筑巢，在
五月的日子里，我也在星星下
怀念你，哦，爱奥尼亚！但人们
就喜欢当下。因此我来到
这里，看望你们，岛屿，还有你们，
河流的入海口，哦，你们忒提斯的殿堂，
你们树林，还有你们，伊达山的云彩！

可是我并不打算长留，
不温顺而且很难拥有，
我的母亲，我离别了封闭的她。
她的一个儿子，莱茵河，
想要强行投入她心中却消失
在远方，那被推回的，谁也不知去向。
但我绝不是情愿离她

而去，只为邀请你们
我才来这里，你们，希腊的三女神，
你们，天的女儿！
如果旅程不是太远，
希望到我们这里来，你们美惠之神！

当风儿更柔和地呼吸，
清晨向我们，最有耐心的，
送来爱情之箭，
轻轻的云彩如花盛开
在我们羞怯的眼睛上空，
那时我们会问，为何来到
野蛮人的国度，你们三女神，
天的侍女们
确实是神奇的，
像凡是天生有神性的，
这会化为它的梦，一位神若想
悄悄走近它并惩罚那个
总想强行与他等同的人。
它常常令一个人震惊，
而他刚才或未想到它。

莱茵河
——献给伊萨克·封·辛克莱

我坐在幽暗的常春藤下,树林的
小门边,当金色的正午
探访山泉,一步步滑下
阿尔卑斯山的台阶,
此山我称为神造的城堡,
又名天神的城堡
按古老的传说,但那里
现仍有某些神类趋近凡人,
隐秘而坚定;
我出乎意料地听见
一种命运,因为刚才,
在温暖的树荫里
有神灵絮语,我的灵魂
遨游到意大利,
直至遥远的摩里亚海岸。

可此时在崇山之中,

在银色的群峰脚下,

在欢快的绿荫丛中,

那里战栗的树林

和重重山崖的头颅终日

俯视着他,在那里

在最寒冷的深渊

我听见这少年为获救

而恸哭,父母也听见他咆哮,

控诉大地母亲

和创造他的雷神,

并满怀怜悯,可是

凡人们逃离了此地,

因为很可怕,当他暗无天日

挣扎在桎梏里,

这半神的怒吼。

这是最高贵的河流的声音,

自由诞生的莱茵河,

他并不希望,跟那边的兄弟,

提契诺河与罗达努斯河

告别,他想漫游,威严的灵魂

急不可耐地驱使他去亚细亚。
可是在命运面前
这愿望很幼稚。
而神子们又是
最盲目的。因为人熟悉自己的家,
兽类天生知道,它应该
在哪里筑巢,但神子们
这一缺陷,不知道去向,
早就被植入没有经验的灵魂里。

纯净发源者是一个谜。就连
歌唱几乎也不得披露它。因为
你怎样开始,便永远如此,
厄运的作用也一样大,
还有培育,就是说主要
取决于出身
和这新生者
恰好遇上的光照。
但哪里有一个,
像莱茵河这样,
诞生于宠爱的峰峦,
像他这样

幸运地诞生于神圣的怀腹,
可终身保持自由,
只为实现自己的心愿?

因此欢呼是他的言语。
他不爱,像别的孩子,
在襁褓中哭泣;
因为在河岸最初
偷偷靠近他的地方,曲折的岸
干渴地缠绕他,
企图管教这愣头青
并用自己的牙齿好好地
监护他,而他却大笑,
撕碎毒蛇并挟带猎获物
奔流而下,如果仓促之中
一个更伟大的神来不及
驯服他并让他生长,他必须,
像闪电,劈开大地,树林像着了魔,
跟随在他的身后,山峦也纷纷坍塌。

有个神却欲撙节神子们
短促的生命并微笑,

当那些激流,虽未遏制住,但受阻于
神圣的阿尔卑斯山,
在峡谷,像莱茵河一样朝他发怒。
一切精粹也是
在此逼仄中铸就,
真的是美好,瞧他随后,
离开了崇山峻岭,
在德意志的土地上静静地
漫游,舒心惬意,在善事中
满足了渴望,当他开疆辟土,
父亲莱茵河,在他创建的城镇
养育可爱的孩子们。

但那是他永不,永不忘怀的。
因为家宅势必废弃,
还有律令,人的白昼
必化为异象,若这样一个
居然忘却本源
和青春的纯净声音。
到底是谁最先
败坏爱的纽带,
把它变成了束缚?

尔后固执者笃信
自己的权利并嘲讽
天穹的火焰，尔后便
鄙弃易朽的小径，
胆大而妄为，
欲与诸神并驾齐驱。

然而诸神自有
足够的不朽，天神们需要
某个物件，于是
便有了神人，凡人
和其他必死的。因为
那些极乐者对自己毫无感觉，
或须有一个另类，当允许
言说神事之时，去关注
并以诸神的名义去感觉，
他们需要他；但他们的惩罚
是，某人必摧毁
自己的家园，咒骂
至亲如仇敌，父亲与儿子
将对方埋葬于废墟，
若某人想与神等同，容不得

尊卑之分，这痴人。

因此那人是有福的，
他找到了一种恩赐的命运，
在安全的海滩，漂荡
和遭罪的记忆还在
耳边回响，却那么甜美，
于是他会驻足凝望，
乐于直望见出生之时
上帝给他划定的界限，
让他在此居留。
然后他眠息，知足而福乐，
因为他想要的一切，
所有天国的，不是被迫，
现在微笑着，当他眠息时，
自发地拥抱这勇者。

现在我怀念半神们，
我一定认识那些可亲近的，
因为他们的生活
常常打动我向往的心灵。
可是谁，如像你，卢梭，

有强大而坚韧的灵魂,
简直不可征服,
有可靠的感觉
并能聆听甜美的馈赠,
能如此言说,居然自神圣的宝藏
像酒神一样,质朴神奇地
不拘一格地赐予至纯者的语言
善者很容易明白,对盲目的
不敬之徒却给予正当的打击,
那些渎神的奴仆,我怎样称呼这陌生者?

大地的儿子们,就像母亲一样,
关爱一切,所以他们,幸福者,
也容易接纳万物。
但这必死之人
也为此感到惊惧,
当他思考天穹,
已被他挚爱的双臂
堆积在自己的肩头,
和这份喜乐之重负;
于是他常常觉得最好,
几乎完全被遗忘,

待在阳光不灼人之处,
在树林的阴影里
在比尔湖畔清新的翠色里,
贫而无忧地,
如同初试者,学习夜莺的啼鸣。

真是美妙,然后从神圣的睡梦中
复苏,从树林的清凉里
醒来,傍晚时分
迎着更柔和的光走去,
当那位造山筑岭
和勾画河流路径的神,
他也曾微笑着
用他的风儿引导
人们忙碌的生活,如船帆,
那缺少呼吸的生活,
随后也歇了工,现在和解地
垂顾女弟子,新娘,
那雕塑师
白昼之神垂顾我们的大地。

然后人与神共庆新娘的节日

所有的爱者一同欢庆，
一时之间
命运恢复了平衡。
逃亡者寻找众军之山，
勇敢者寻求甜蜜的憩息，
爱者却是
一如既往，他们
在家园，那里的鲜花喜欢
无害的炽焰，圣灵悄悄拂过
幽暗的树林，但未被和解的人们
四处漂泊，他们匆匆
伸手握在一起
趁友好的光还未
沉下去，黑夜还未来临。

可是对某些人
这转眼便过去了，也有人
更长久地保留它。
永恒的诸神
总是充满活力；一直到死
一个人却也能够
把这最美好的留在记忆里，

于是他体味这极致。
只是人人有自己的度。
因为不幸是难以
承担的,而幸福却更难。
有一位智者却能够
从正午一直到子夜,
直到曙光升起
在会饮时神采奕奕。

在冷杉树下炎热的小道上或是
橡树林的幽暗里,裹在
钢铁里,上帝会向你显现,我的辛克莱!
或云彩中,你认识他,因为你
认识善之力,主宰者从不
对你掩藏他的微笑
在白天,当
那有生命的似乎狂热
和被套上了锁链,抑或
在夜里,当一切混杂
而无序,太古的混沌
再度回归。

〈最后一段原来的文本*〉

而你远远地对我诉说,
发自永远欢快的心灵,
你称什么是幸福,
什么是不幸?也许我明白这问题,
我的父亲!但使我
沉沦的波涛仍在我耳边
咆哮,我梦幻着
海底宝贵的珍珠。
可是你,熟悉海洋,
一如坚实的大陆,凝望光
和大地,这一对似乎不同,你寻思,
但二者皆有神性,因为
有位守护神,自天宇派来,
始终环绕你的前额。

---

* 这首诗原来的题词是"献给父亲海因策",所以这里称他为"我的父亲"。——译注

和平庆典

我请求人们只在心情愉悦时读这篇诗稿。如此则肯定不难读懂,更不会令人生厌。但若仍然有人觉得这样一种语言不怎么入流,我必须向他们承认:我只能如此。在一个美丽的日子,几乎每一种歌唱都不妨听一听,而这首歌既出自自然,也会被她重新收容。作者准备为读者呈献一系列这类诗篇,本诗当是一个样品。

天穹的静静回响的声音,
缓缓游荡的声音,交相应和,
微风也吹过那太古建造的
极乐栖居的大殿;欢乐之云的清香
罩着碧绿的地毯,霞光映照,那里耸立着,
摆满最成熟的果实和金花装饰的杯盏,
错落有致,一列华丽的餐桌,
散布于边厢并爬升于

平整的土地之上。
因为友爱的客人,
在黄昏时分,
自远方邀约而来。

两眼幽幽放光,我思忖,
为白天严肃的工作而微笑,
会见到他本人,节日的君王。
但当你已乐意摒弃你的异邦,
仿佛厌倦了那漫长的英雄之旅,
垂下目光,被遗忘,蒙上淡淡的阴影,
又接受了朋友形象,你,谁个不知,但
那高者几乎跪下。你前面空荡荡,
我只知道一件事,你不是必死的。
智者可为我澄清某些事,但哪里
仍有神灵出现,
哪里就有另一种澄明。

但今天不成,他不能不予宣告;
有一位,从不怕洪水与烈火,
现在很惊异,此时静悄悄,必有缘故,
而主宰无处可见在神界和人间。

就是说，他们现在才听见
这桩大事，早已在筹备，从早晨直到傍晚，
因为无尽地狂啸而下，在深谷渐渐消失，
那惊雷的回响，千年的风暴，
终于偃息了，被和平之音所淹没。
但你们，变得珍贵的，哦你们，无瑕的日子，
你们今天也带来了节日，你们爱人！灵性
绽放在周遭傍晚在这片寂静之中；
我必须揣测，或许是银灰色的
鬈发，哦，你们朋友！
准备花环和晚餐，现在像永恒的少年。

有些我想邀请，可是你呀，
你曾友好真诚地帮助人们，
在叙利亚的棕榈树下，
那附近有座城，你喜欢待在井边；
周围庄稼地簌簌作响，凉气静静地呼吸
在圣山的树荫里，
那些可爱的朋友，忠诚的云朵，
也掩蔽着你，以便你神勇的光
穿透蛮荒柔和地投向人们，哦，年轻人！
唉！但更幽暗地将你掩蔽，恰恰在言之中，

一种致死的厄运，可怕的命数。所以
天上的一切是速朽的；但并非无益；

因为一位神始终懂得分寸
只在某一刻顾惜并触摸人的家居，
不会疏忽，而且没有人知道，否则？
尔后狂妄的也允许践踏那里，
野蛮的，离终结还远，必须来到
那圣地，胡搞一气，放纵其妄念，
在那里撞上一种命运，但感恩，
绝不会在此之后紧随上帝赐予的礼物；
领悟须仰仗深入验证。
我们的山峰和我们的土地，
若非赐予者撙节，
也早已点燃被炉灶之恩赐。

但那神性的，我们毕竟
承纳了许多。火种被交到
我们手中，还有岸和海潮。
远不止这些，因为以人的方式
那些陌生的势力与我们相亲相熟。
而星宿教诲你，它

就在你眼前,但你永远不可能跟它一样。
但若某一位是最具活力者
之子,许多喜乐和歌唱
源自其父,他则是一个平静的大能者,
现在我们认出了他,
现在,当我们认识了天父,
举行节日的庆典
那高者,那宇宙
之神已然厕身于人类。

因为他早已太伟大,配做时间之主,
他的疆域延伸无际,何时耗尽过他?
可是一位神也想挑一次白天的工作,
像凡人一样,分担一切命运。
命运的法则乃是众人经验自己,
是静默复归之时,也必有一种语言。
但哪里有此神施为,哪里我们也同在,并争辩,
或许什么是最佳。现在我觉得这是最佳,
若此时他的图像已完成,主已完工,
神采奕奕地自己步出他的工场,
沉静的时间之神和唯独爱的法则,
柔美和解的法则奏效,从此间直到天穹。

从早晨起,

自从我们是一场对话并相互倾听,

人已经历许多;但我们即将是歌唱。

时间的画卷,由那伟大的神展开,

一个标志呈现在我们眼前,这在他与别的之间

有一个联盟在他与别的神之间。

不只是他,那些尚未出生的,永恒的

皆可由此认识,亦如从植物上

大地母亲和光和空气认识自己。

但最终,你们,神圣的势力,就是为你们

这爱的标志,你们一如既往

之见证,这个节日,

人神团聚的节日,此时天神

未在奇迹中显现,雷雨中还不见身影,

但此时在歌唱中彼此相敬如宾

在合唱团露面,成千上万

形形色色的福人

聚在一起,他们最心爱的那位,

而且离不开他,也未缺席;因为我曾为此

召唤你,难以忘怀的,来赴这

准备好的盛宴,邀请你,莅临时间之晚会,

哦，年轻人，宣告你为节日的君王；我们人类
不会先躺下歇息，
直到你们所有预约者，
你们一切不朽者，为我们
讲述你们的天国，
来到我们家中。

轻轻呼吸的风儿
在报道你们来临，
起雾的山谷传递喜讯，
还有雷声震荡不绝的大地，
可是希望染红了脸庞，
在自家的门前
坐着母亲和孩子，
正把和平观赏，
好像只有几个人死去，
一种预感留住了那灵魂，
是金色的光派来的，
一个诺言挽留了最老的老人。

味不错的生活调料，
由上苍给予也由它

送走，那许多艰辛，

因为现在一切都称心，

可最喜欢的

是单纯，因为那久久寻找的，

金色的果实，

在狂卷的风暴中

已从最古老的树干坠落，

但随后，作为最可爱的财富，被神圣的命运自己，

用温柔的武器守护起来，

那便是天神的形象。

像母狮一般，你哀声悲诉，

哦母亲，当你，

大自然，失去你的孩子。

因为你的敌人偷走了他们，

最亲爱的孩子，当你

几乎把仇敌当成自己的儿子，

还让诸神与萨蒂尔结伴。

于是你建造了一些，

也埋葬了一些，

因为它们恨你，那些被你，

在时间面前

最具强力者,拽入光明的。
如今明白了,如今你不再这样;
因为做恐怖营生的,
一直到成熟,喜欢毫无感觉地睡在地下。

致兰道尔

欢喜吧!你已选择了美好的命运,
因为有颗心对你深情又忠贞;
做朋友们的朋友,是你的天性,
节日里我们来做见证。

谁像你在自己家中享有安宁,
享有爱和丰裕,谁是有福人;
生命各不相同,像黑夜与光明,
你居于金子般的中心。

阳光洒满你那轩敞的厅堂,
还催熟你山坡上的葡萄,
聪明的神祇助你发达兴旺,
天天快活地替你操劳。

孩子安康,母亲围绕着夫君,

如金色的云彩给树林加冕,
你们也围绕他,可爱的幽灵!
极乐者,常在他身边!

哦,陪伴他吧!因为狂风乌云
时常卷过家园和大地,
但尽管生活充满困苦,这颗心
憩息于神圣的思念里。

你听!我们因欢乐谈起忧伤;
像幽暗的酒,深沉的歌也醉人;
节日过去,在这狭窄的大地上
明朝人人各自趱程。

帕特默斯
——献给洪堡侯爵

神在近处
只是难以把握。
但有危险的地方,也有
拯救生长。
山鹰栖息在
幽暗里,阿尔卑斯山之子
无畏地越过深渊
从轻易搭成的桥上。
为此,因时间之巅峰
齐聚周遭,最亲的人们
相近而居,疲惫于
最隔离的群山,
请赐予纯洁的溪流,
哦,给我们双翼,忠贞不渝地
飞渡并复返。

我如此祈祷,那时一位神
突然劫持我,把我带出家门,
比我预料的还快,
又很遥远,我从来没想过
去那么远的地方。天刚刚亮,
当我行走时,故乡
朦胧的树林
和条条渴望的小溪
渐渐清晰;这些地方我从不认识;
但很快,映着清新的霞光,
无比神秘
在金色的雾幔里,
顷刻间长大,
随太阳的步伐,
以芳菲的千峰万壑,

小亚细亚向我绽放,射花了眼
我寻找曾经熟悉的一处,因为不习惯
那些宽宽的山道,那里金闪闪的
帕克托斯河
从忒默鲁斯山飞驰而下,
还有托罗斯和眉索基斯山,

色彩绚丽的花园,

一团平静的火,可是阳光里

银雪凌空怒放,

不朽生命之见证

在高不可攀的峭壁上

常春藤亘古地生长,活着的柱子,

一排排雪松和月桂支撑起

那些庄严的,

那些按神意建造的宫殿。

可是环绕着亚细亚的门户

许多无影的街道

向远方延伸并发出轰鸣

在大海不定的平原上,

可船夫熟悉这里的岛屿。

当我听说,

附近有一座小岛

是帕特默斯,

我便情不自禁

想去那里停一停,

寻访那幽暗的岩洞。

因为不像塞浦路斯,

有许多泉水,也不像
其他任何岛屿
帕特默斯乃神奇之地,

可是它真的
很好客,家里
更寒碜,
要是因海难某个陌生人
来到它这里
或为故乡而悲叹
或为逝世的
朋友,它都喜欢倾听,它的孩子们
燠热的树丛的声音,
和泥沙落下时,土地
龟裂时的簌簌响动
它们倾听他而他的悲声
又含着爱意重新响起。就这样它曾经
关照被神眷爱的
先知,他在有福的青年时代

跟随过
至高者之子,难分难舍,因为

承当雷电者爱门徒之单纯
而细心的弟子也凝神
端详神的面容，
那时，在葡萄树的秘密时刻，
他们坐在一起，正当聚餐的时候，
在伟大的灵魂里，一种平静的预感，
主道出死与最后的爱，因为怎么也不够，
他言说善的话语，
那时候，而且教人开心，当他
目睹人世的愤懑。
因为一切皆善。随后他死去。对此
还有许多话可讲。最后朋友们还见到他，
露出胜利的目光，无尚喜乐者，

但他们悲哀，这时
夜已降临，很惊异，
因为弟子们灵魂中大事已定，
可是他们热爱阳光下的
生命，他们不愿意舍弃
主的容貌和故乡。
这形象，如铁中之火，
已烙下深深印记，爱人的影子

游荡在他们身边。
因此为他们
他派来圣灵,顿时房屋
震撼,远方响起了惊雷,
上帝的狂飙卷过
预感的头颅,那一刻,心事沉沉,
死亡之英雄聚在一起,

现在,他告别
再次向他们显现。
因为现在太阳的白昼熄灭了,
国王的白昼,已自己毁弃
那直接照射的
王笏,这是神在受苦,
因为它还会再来
在适当的时间。恐怕不好,
往后的日子,和猝然中断,不忠实,
人的事业,而从现在起
这就是喜乐,
栖居在爱的夜里,以单纯的目光,
始终专注地守望
智慧之深渊。有生命的征象

也会发芽，变绿，在大山深处，

但可怕的是，上帝
驱散生者，去向无尽的天涯。
因为已经离弃
亲密朋友们的面孔，
又翻越重重山峦，独自
远行，而二人
一致，得见
天灵之面；并且这不曾被预言，而是
抓住他们的鬈发，当下，
当匆匆远去的神
突然向他们
回望而他们发誓，
想让他停住，像从此金闪闪
系于绳索
又咒恶魔，他们的手紧紧相握——

但如果他后来死去，
而美曾经
最依恋他，以至于此者身上
有一种奇迹，天神都用手

指着他,如果,彼此永远是个谜,
他们再不能彼此
理解,曾经共同生活在
记忆里,而且不只是泥土或
柳树被卷走,圣殿一样
被侵袭,如果半神
和他同类的荣耀
随风而去,就连至高者
也在天上
转过脸去,以至于
无处可见不朽者的踪影在天空或
绿色的大地,这是什么?

这是播种者的绝活,当他
用铁锹铲起麦种,
向着碧空,抛过晒坝,把种子扬净。
瘪壳落在他脚下,可是
实粒走到尽头,
这并不是坏事,若有些
走丢失,在言说之时
生动的话音渐渐消失,
因为神的工作也与我们的相仿,

至高者不求一切同时。
矿井固然有铁,
火山口有燃烧的松脂,
而我或有宝藏,
可以塑一个像,观照
基督,一如他之在,

但如果某人激励自己,
而我言语悲哀,在途中,那时我毫无防范,
仿佛遭到了袭击,我震惊,一个奴仆
想模仿神的形象——
有一次,显而易见,我看见
天主发怒,并非,我得是什么,而是
学习。他们很善良,但他们最憎恶的是,
只要他们还统治,虚伪,于是
人性在人们中间不再奏效。
因为他们不干预,但干预自有
不朽者的命运,他们的事业
自发运行,匆匆地赶至终结。
因为当天宇的凯旋之旅
行至更高,欢呼的至高者之子,
如太阳一般,将被强者们唤作

一个口号,这里是歌唱
之杖,向下挥动,
因为无一卑微。它唤醒
死者,尚未被凶神
捉住的死者。可许多
畏怯的眼睛盼望
重见光明。它们并不想
在强光里绽放,
虽有金灿灿的簪头保持勇气。
可是当,仿佛
被肿胀的褐色眼睛,
被世界所遗忘
源自《圣经》的静静闪光的力量归于取消,它们,
为恩典而欣喜,诚愿
修炼沉静的目光。

如果天神们现在
爱我,像我相信的那般,
那不知多爱你,
因为我很清楚,
永恒天父的意志
就是在乎你。

静静的,他的标志
在雷鸣的天空。有**一位**立在那下面
整整一生。因为基督还活着。
但是还有英雄,他的儿子们,
全部都来了,大地的作为
解释他的《圣经》
和闪电直到现在,
一场停不住的角逐。但他在场。因为他的事业
他全都明白从太古起。

太久,太久了,
天神的荣耀已不可见。
因为他们几乎不得不
牵我们的手而一种势力
正卑鄙地夺走我们的心。
因为天神个个都想要牺牲,
只要怠慢了某一个,
绝没有好下场。
我们服侍了大地母亲,
近来也服侍了阳光,
不知道,天父最爱的,
他主宰一切,

却是守护恒定的经文,
以及完好地解释恒在的事体。
德意志的歌必当遵从。

帕特默斯

——献给洪堡侯爵

最初的修订稿

充满善。但无人独自
把握上帝。
但有危险的地方,也有
拯救生长。
山鹰栖息在
幽暗里,阿尔卑斯山之子
无畏地越过深渊
从轻易搭成的桥上。
为此,因时间之巅峰,环绕澄明,
齐聚周遭,
最亲的人们相近而居,疲惫于
最隔离的群山,
请赐予纯洁的溪流,

哦，给我们双翼，忠贞不渝地
飞渡并复返。

我如此祈祷，那时一位神
突然劫持我，把我带出家门，
比我预料的更威势，
又很遥远，我从来没想过
去那么远的地方。天刚刚亮，
当我行走时，故乡朦胧的树林
和条条渴望的小溪
像人一样披着
轻衫；这些地方我从不认识；
但很快，映着清新的霞光，
无比神秘
在金色的雾幔里
顷刻间长大
随太阳的步伐
以芳菲的千峰万壑

小亚细亚向我绽放，射花了眼
我寻找曾经熟悉的一处，因为不习惯
那些宽宽的山道，那里金闪闪的

帕克托斯河
从忒默鲁斯山飞驰而下,
还有托罗斯和眉索基斯山,
花园在花丛中昏昏欲睡,
一团平静的火,可是阳光里
银雪临空怒放,
不朽生命之见证
在高不可攀的峭壁上
常春藤亘古地生长,活着的柱子,
一排排雪松和月桂支撑起
那些坚如磐石的,
那些按神意建造的宫殿。

可是环绕着亚细亚的门户
许多无影的街道
向远方延伸并发出轰鸣
在大海不定的平原上,
可船夫熟悉这里的岛屿。
当我听说,
附近有一座小岛
是帕特默斯,
我便情不自禁

想去那里停一停，
寻访那幽暗的岩洞。
因为不像塞浦路斯，
有许多泉水，也不像
其他任何岛屿
帕特默斯乃神奇之地，

可是它真的
很好客，家里
已无人，
要是因海难某个陌生人
来到它这里
或为故乡而悲叹
或为逝世的
朋友，它都喜欢倾听；那些孩子们，
燠热的树丛的声音，
和泥沙落下时，土地
龟裂时的簌簌响动，
它们倾听他，而他的悲声
婉转回荡。有一天帕特默斯
曾服侍，家畜一般，那先知，因为他有场灾祸，
那位爱人的，他在芦荻萧瑟中，在青年时代

跟随过
至高者之子,难分难舍,因为
绝不喜欢孤单,因圣灵之故,
那至高者之子,可是门徒也许
认出他是谁,
就在那时,在葡萄树的秘密时刻,
他们坐在一起,正当聚餐的时候,
在伟大的灵魂里,一种平静的预感,
主道出死与最后的爱,因为怎么也不够,
他言说善的话语,
那时候,而且教人沉默,当他
目睹人世的愤懑。
因为一切皆善。随后他死去。还有许多
感人的话可以讲。最后朋友们还见到他,
露出胜利的目光,无尚喜乐者,

但他们悲哀,这时
夜已降临,很惊异,
因为弟子们灵魂中大事已定,
可是他们热爱阳光下的
生命,他们不愿意舍弃
主的容貌和故乡。

这形象，如铁中之火，
早已刻骨铭心，爱人的影子
游荡在他们身边。
因此他也为他们
派来圣灵，顿时房屋
震撼，远方响起了惊雷，
上帝的狂飙卷过
预感的头颅，那一刻，心事沉沉，
死亡之英雄聚在一起，

现在，他告别
再次向他们显现。
这意味着，太阳的白昼熄灭了，
国王的白昼，已自己毁弃
那直接照射的
王笏，这是神在受苦，
因为它还会再来
在适当的时间。恐怕不好，
往后的日子，和猝然中断，不忠实，
人的事业，而从现在起
这就是喜乐，
栖居在爱的夜里并以单纯的目光

始终专注地守望
智慧之深渊。对于某些人
祖国已变成狭小的空间,

但这是可怕的真实,上帝
驱散生者,去向无尽的天涯。
因为已经离弃
亲密朋友们的面孔,
又翻越重重山峦,独自
远行,而二人
一致,方能
求得天灵。但是在他们之间
有一场分裂,圣殿成了摩利亚的玩具,
愤怒之山崩塌,那时候,当匆匆远去的神
突然向他们
回望而他们发誓,
想让他停住,像从此金闪闪团聚,
系于绳索
又咒恶魔,他们的手紧紧相握——

但如果他后来死去,
而美曾经

最依恋他，以至于此者身上
有一种奇迹，天神都用手
指着他，如果，彼此永远是个谜，
他们再不能彼此
理解，曾经共同生活在
记忆里，不仅这样，如果泥土
和柳树被卷走，圣殿一样
被侵袭，如果半神
和他同类的荣耀
竟随风而去，无从辨认，就连他
在天上被称道的那位，
也勃然大怒，因为
无处可见不朽者的踪影在天空或
绿色的大地，这是什么？

这是扬场的同一用意，他用
铁锹铲起麦子，
向着碧空抛过晒坝把麦粒扬净。
可怕的事情，尘埃落下。
但是实粒走到尽头。
这绝不是坏事，若有些
有时走丢失，在言说之时

生动的话音渐渐消失,
因为神的工作也与我们的相仿,
至高者不求一切同时。
现在矿井有铁,
火山口有燃烧的松脂,
而我也或有宝藏,
可以塑一个像并观照
基督,一如他之在。

但如果某人激励自己,
……

帕特默斯

——献给洪堡侯爵

修订稿片断

充满善；但无人独自
把握上帝。
但有危险的地方，也有
拯救生长。
山鹰栖息在
幽暗里，阿尔卑斯山之子
无畏地越过深渊
从轻易搭成的桥上。
为此，因时间之巅峰，环绕澄明，
齐聚周遭，
最亲的人们相近而居，疲惫于
最隔离的群山，
请赐予纯洁的溪流，

哦，给我们双翼，忠贞不渝地
飞渡并复返。

我如此祈祷，那时一位神
突然劫持我，把我带出家门，
比我预料的更轻巧，
又很遥远，我从来没想过
去那么远的地方。天刚刚亮，
当我行走时，故乡朦胧的树林
和条条渴望的小溪
像人一样披着
轻衫；这些地方我从不认识。
但我们一同受了许多苦，许多标志。就这样
映着清新的霞光，无比神秘，
在金色的雾幔里，
顷刻间长大，
随太阳的步伐，
以芳菲的千峰万壑，此时，

小亚细亚向我绽放，射花了眼
我寻找曾经熟悉的一处，因为不习惯
那些宽宽的山道，那里金闪闪的

帕克托斯河

从忒默鲁斯山飞驰而下，

还有托罗斯和眉索基斯山，

花园在花丛中昏昏欲睡，

……

哦，光之岛！

因为当荣耀，目光的喜悦已熄灭，不再被人们

保持，杳无踪影，小径和树林怀着疑虑，

而王国，目光的青春国度，消逝了

快过竟跑，

在废墟里，　　　　而纯贞，天生的，

已经破碎。就是说良知，启示

凛然自上帝来而复去，主的手频频

从审判的天空挥舞示意，然后及一个时期

有不可分割的律法，弥撒，和高举

双手，开始吧，整饬这个，

和邪恶念头的沉下。就是说上帝痛恨

无所不知的额头。可是约翰一度

纯净地存在于不受拘束的土地上。若某人

欲将　　　解释为尘世的，先知的预言
……

从约旦和拿撒勒，
从那遥远的湖上，风儿吹到
迦百农和加利利，从迦拿。
我要停留一会儿，他说。就是说用水滴
他止住对光的渴念，对于干渴的兽
这渴望就像在那些日子里，当叙利亚全境
被屠杀的婴儿们故乡的美丽
临死痛哭，而施洗者的
头颅，已被采摘，像永不枯萎的经书
显眼地放在延续的盘中。如火一般
神的声音。但这很难，
执持大，于大之中。
不是一片草地。于是某人
留在泰初。但现在
这又行了，如从前。

约翰。基督。这一位我想
歌唱，一如赫耳枯勒斯，或如

那个岛，它曾挽留并拯救，给他清凉，
那相邻的岛有凉爽的海水，来自滔滔
洪水的旷野，佩勒乌斯。但这样
不行。那是另一种命运。更神奇。
更丰富，歌唱。自那人以来
寓言不可测度。而现在
我想歌唱崇高的人们奔赴
耶路撒冷，和在卡诺萨的难解之辱，
还有亨利。可是但愿
勇气不会自己抛弃我。我们必须
预先理解这个。就是说这些名字像晨风
自基督以来。化作梦幻。降临到，像迷误，
心上并致人死命，若无一人

思量它们是什么，并且理解。
但是这个细心的人
端详神的面容，
就在那时，在葡萄树的秘密时刻，
他们坐在一起，正当聚餐的时候，
在伟大的灵魂里，妥善地选择，
主道出死与最后的爱，因为怎么也不够，
他言说善的话语，

那时候，而且肯定了肯定之事。但他的光
是死。因为人世的愤懑太少。
他却看出了这个。一切皆善。随后他死去。
但是最后朋友们，跪倒在，尽管如此，上帝的面前，
还见到否弃者的形象，
就像当一个世纪逆转，在沉思之中，
在真相的喜乐之中，

但他们悲哀，这时
夜已降临。就是说纯净
存在，是命运，一种生命，它有一颗心，
面对这样的脸，并且延过半生。
但有许多须避免。但太多的
爱，哪里有崇拜，
哪里就有危险，最中肯綮。那些人却不愿
舍弃主的容貌
和故乡。这形象如铁中之火
早已刻骨铭心，爱人的影子，
好像一场瘟疫，游荡在他们身边。
因此为他们
他派来圣灵，顿时房屋

震撼,远方响起了惊雷,
　　上帝的狂飙卷过,造就男子汉,就像当毒龙之牙,命运辉煌的,

　　……

帕特默斯
——献给洪堡侯爵

末稿片断

充满善；但无人独自
把握上帝。
但有危险的地方，也有
拯救生长。
山鹰栖息在
幽暗里，阿尔卑斯山之子
在白日的工作中无畏地越过深渊
从轻易搭成的桥上。
为此，因时间之巅峰，环绕澄明，
齐聚周遭，
最亲的人们满怀渴望相近而居，疲惫于
最隔离的群山，
请赐予纯洁的溪流，

哦，给我们双翼，忠贞不渝地
飞渡并复返。

我如此祈祷，那时一位神
突然劫持我，把我带出家门，
比我预料的更轻巧，
又很遥远，我从来没想过
去那么远的地方。天刚刚亮，
当我行走时，故乡朦胧的树林
和条条渴望的小溪
像人一样披着
轻衫；这些地方我从不认识。
但我们一同经历并受了许多苦，许多标志。就这样
映着清新的霞光，无比神秘，
在金色的雾幔里，
顷刻间长大，
在心中被认出，随太阳的步伐，
以芳菲的千峰万壑，此时，

小亚细亚向我绽放，射花了眼
我寻找曾经熟悉的一处，因为很不习惯

那样宽广的山道,那里金闪闪的
帕克托斯河,永不朽坏的见证,从忒默鲁斯山飞驰而下,
还有托罗斯和眉索基斯山,一阵阵芳香
花园昏昏欲睡,
……

远远从约旦和拿撒勒,
从那遥远的湖上,风儿吹到迦百农,
他们在那里搜寻他,和加利利,从迦拿。
我要停留一会儿,他说。就是说用水滴,神圣的,
他止住对光的渴念,对于干渴的兽或
雄鸡的啼鸣,这渴望就像在那一天,当叙利亚全境,
痛哭流涕,被屠杀的婴儿们故乡的美丽
在消逝时声声悲语并凋谢,而施洗者
他的头落下,金色的头颅,像不可食用和永不枯萎的经书
显眼地放在干燥的盘中。神的声音如火,在城镇里,
致命地爱着。当务之急却是,的确
不走样地执持这个,大,于大之中。

绝非一片草地。于是某人
留在泰初。但现在
这又行了,如从前。

约翰。基督。这一位,我即
负重者想歌唱,一如赫耳枯勒斯,或如
那个岛,它曾经吸引,迷住,意味深长,给他
清凉,
那相邻的岛有冰凉的海水,来自滔滔
洪水的旷野,佩勒乌斯。但是
不够。那是另一种命运。更神奇。
更丰富,歌唱。自那人以来
寓言不可测度。而我也想
歌唱崇高的人们奔赴
耶路撒冷,像天鹅歌唱船舶航行,和在卡诺萨的
难解之辱,火一般热烈,
还有亨利。可是但愿本初
勇气不会自己抛弃我。我们必须,以推论,
发现,去预见。因为珍贵的是,
最珍贵者的面孔。就是说苦难渲染着
这张脸的纯洁,它

纯洁如剑。但那时
这个细心的人
端详神的面容,
那时候,在葡萄树的秘密时刻,
他们坐在一起,正当聚餐的时候,
在伟大的灵魂里,妥善地选择,
主道出死与最后的爱,因为怎么也不够,
他言说善的话语,
那时候,而且给予雪白的肯定。但此后
他的光是死。因为人世的愤懑不可想象,不可
名状。
他却看出了这个。一切皆善。随后他死去。
但是最后朋友们,跪倒在,尽管如此,上帝的面前,
还见到否弃者的形象,
就像当一个世纪逆转,在沉思之中,
在真相的喜乐之中,

但他们必定悲哀,这时
夜已降临。就是说通常纯净
存在是一种命运,一种生命,它有一颗心,
面对这样的脸,并且延过半生。

但有许多须避免。但太多的
爱,哪里有崇拜,
哪里就有危险,最中肯綮。但是那些人
不愿舍弃主的眼泪和双鬓
还有故乡。这形象,炽烈如铁中火焰
早已刻骨铭心。爱人的影子真的像一场瘟疫
而神的面孔颇有妨碍,游荡在身边。
因此为他们
他派来圣灵,顿时房屋
震撼,远方响起了惊雷,
上帝的狂飙卷过,造就男子汉,激情的,就像当
毒龙之牙,命运辉煌的,

……

决 断

通常是这样,天父宙斯

因为

现在你倒也
找到了别的良策

因此狄阿娜恐怖地
行越大地
那女猎手而怒气冲冲
包含无穷解释
天主在我们头顶
仰起脸。于是大海呻吟,当
他降临

哦,但愿可能

保佑我的祖国

但别太畏怯
也许会　　你宁可
放纵些并随复仇女神去吧
我的生命。
因为一个半神
或一个人须领悟一切,凭痛苦,
当他倾听,独自,或自身
被转变,遥遥预感到天主的骏马,

因为强悍的诸神
巡游于大地上空,
他们的命运正攫住
那个承受并关注它的人,
攫住万民之心。

现在让我去吧……

现在让我去吧

去采集野草莓

好熄灭对你的爱

在你的小路旁,哦,大地

在这里

这里蔷薇刺

和甜美的菩提飘香于

山毛榉旁边,正午,当泛黄的田野

一片成长声,直直的茎秆上,

麦穗压弯了脖颈

好似秋天,但此时在橡树高高的

穹顶下,当我沉思

并抬头追问时,一阵钟声

多么熟悉

从远方传来,金色的鸣响,是小鸟

再度醒来的时辰。这便是好光景。

生命的一半

挂着黄澄澄的梨
开满了野玫瑰
岸垂入湖里,
你们,美丽的天鹅,
沉醉于亲吻
将头缓缓浸入
圣洁清醒的湖水。

我暗自伤悲,当冬天
来临,我去哪里采集
花朵、阳光,
和大地的阴影?
墙垣肃立
无言而寒冷,只有风
吹打着风信旗。

岁 月

你们,幼发拉底河的城镇呀!
你们,巴尔米拉城的街巷呀!
你们,沙漠平原上的石柱林呀,
你们是什么?
你们的王冠,
只因你们逾越了
凡人的界限,
已被天神的浓烟
被烈火掠去;
而此时我坐在云彩下(它们
各自享有一份安宁)在
疏密有致的橡树下,在
小鹿的草原上,何其陌生
极乐者的亡灵向我
显现且已死去。

追 忆

东北风吹拂,
这是我最喜爱的
风,因为它把火热的激情
和吉利的远航允诺给水手。
快去吧现在,去问候
美丽的加龙河,
和波尔多的花园
那里,沿着陡峭的河岸
小径蜿蜒,溪水深深地
泻入激流,但小溪的上面
眺望着高贵的一对
橡树和银白杨;

那一切仍在我记忆中,榆树林
怎样垂下宽宽的
树梢,荫蔽着磨坊,

庭院里却长着一棵无花果树。
在喜庆的日子
褐色的女人走过那里
走在绒绒的草地上,
三月的季节,
当昼夜一般长短,
条条缓慢的小径上,
驮负着太多金色的梦幻,
春风绵绵诱人入睡。

但愿有谁,
溢满暗淡的光泽,
递给我一只香醇的酒盏,
好让我安眠;因为在这片
绿荫里小憩似乎很甜。
这样不好,
为易朽的思想失魂落魄。但真的美好
一次谈话并且诉说
心中的情意,倾听许多
爱的日子,
和曾经发生的事情。

但朋友们现在何方?贝拉明

和他的同伴？有人
心怀畏怯，去源头探寻；
而宝藏可以说源于
大海。他们，
好比画师，去远方搜集
大地的美物而不厌
那鼓翼的征战，和
孤独地栖歇，长年，在那
树叶脱落的桅杆下，那里都市的节日
不曾照彻黑夜，
也没有弦乐和自己家乡的舞蹈。

但如今那些男子汉
已启航去印度，
在那里在信风的海角
在葡萄园山麓，那里
多尔多涅河奔流而下，
与壮丽的加龙河汇合
海一样宽阔
滔滔涌向大海。但海洋
夺去又给予记忆，
爱情也勉力让目光凝望，
但那永存的，皆由诗人创立。

伊斯特尔河

快来吧，火焰！
我们已急不可耐
欲观白昼，
既然穿过了
考验的关口，
就能感觉树林的呼喊。
而我们一路歌唱从印度河
远道而来，
从幼法拉底河，那适度的
我们已久久找寻，
不会展翅，再近的
也不能直端端
抓住，
恐怕也到不了对岸。
但我们准备在此营造。
因为河流可开垦

土地。既然有杂草生长，
夏日里有野兽
去河边饮水，
那也是人去的地方。

有人却叫它伊斯特尔河。
美丽地躺着。柱子上树叶燃烧，
并随风摇曳。它们野性地
高高耸立，连接成一片；那上面
第二个界域，悬崖之顶
向外突出。所以这并不
令我惊讶，它曾经
邀请海格立斯来此做客，
远远放光，在下方的奥林波斯山麓，
当他，为寻找绿荫跋涉而来
从炎热的伊斯特摩斯，
因为在那里他们虽有
斗志，却也需要，因鬼神的缘故，
一片荫凉。因此他情愿
前往这河流的滥觞和黄色的河岸，
高处散发出芳香，云杉林
一片幽暗，深深的峡谷里

一个猎人喜欢在正午
游荡,还听得见生长
在伊斯特尔河的松脂树上,

可是这条河仿佛
在倒着流淌而
我以为,它本该
来自东方。
对此也许
有许多可讲。为何它端端
悬在山间?另一条
莱茵河从旁边
绕了过去。江河不会无端地
流进干地。那为何呢?需要一个标志
而别无他意,不管好与坏,要让它
托日月于心怀,永不可分,
让它源源不断,也托着昼夜,要让
天神彼此感觉到温暖。
因此江河也是
至高者的欢乐。否则他何以
降临?像绿色赫耳塔河
它们是上天的孩子。只是太隐忍

我觉得这条河,不是
求婚者,几乎让人嘲笑。因为当

白昼即将点燃,
朝气蓬勃,这时它开始
成长,在那边高处另一条河
已浩浩荡荡,并像巨兽一般
咆哮着闯进笼头,连远方的风
也听见它奔流,
这条河倒满足;
但山岩需要裂缝
大地需要垄沟。
那会一片贫瘠,如无迂缓;
可是那条河究竟做什么,
谁也不知道。

卷 三

谟涅摩叙涅(第三稿)

成熟了,在火里浸过,煮过
那些果实,在大地上考验过,这是法则,
万物皆归入那里,跟蛇一样,
无异于预言,梦幻在
天国的山冈上。而许许多多
像肩上的一个
失败的重负
应予挽留。但是很险恶
那些小路。因为,像骏马,
大地的被拘束的要素
和古老的法则
走上了迷途。某种渴望
始终走入那了无窒碍之域。但许多
应予挽留。忠诚危急。
前瞻和后顾我们
皆不要。任我们被轻摇,像

在大海摇晃的小船上。

但可爱的会怎样？地上的阳光
我们可看见，还有干燥的尘土
和树林的阴影含着乡情，轻烟袅袅，
在屋檐和钟楼古老的
顶冠，宁静；白日的迹象，
若某种天意发难
并使心灵受创，就是美好。
因为雪，像白桦之花
很高贵，不管
在哪里，总不寻常，闪耀在
阿尔卑斯山
绿色的草地上，在山腰，那里，一个浪游人
读着十字架，为昔日途中的
死者们而立，在高高的山隘
他怀着悲愤前行，
遥遥预感到
那另一位，但这是什么？

在无花果树旁边，我觉得，
我的阿喀琉斯死去了，

而阿雅克斯躺在

大海的洞穴旁,

小溪旁,与斯卡曼德里俄斯为邻。

曾经在两鬓风声旁,按

漠然的萨拉弥斯的既定

习惯,在他乡,阿雅克斯

死得很伟大,

帕特罗克洛斯却死在国王的铠甲里。死去的

还有许多。但在客泰戎身旁躺着

埃莱夫塞雷,谟涅摩叙涅之城。当上帝

脱下她的袍子时,暮霭也随即松开

她的鬓发。就是说天神

会生气,如果谁为爱惜灵魂

失去克制,但他非此不可;他

随即再没有悲哀。

[第二稿第一节]

我们是一个标志,没有寓义,

我们没有痛苦,在异邦

几乎失去了自己的语言。

如果天上有一场

争论围绕着人类而月亮们

威风地运行,大海

也会参言,江河必须

为自己寻找路径。**有一位**

却不容置疑。他

能日日变更。他几乎不需要

法则。而树叶沉吟,橡树林随之拂动于

雪峰之旁。因为天神们

也并非全能。或可说凡人

迟早得趋近深渊。即它将转向,回音,

随凡人。时光

漫长,但是那本真的

将显现。

德意志的歌

当早晨升起,犹有醉意却唤醒万物,
小鸟又开始歌唱,
河流抛出道道金光,越过礁石
更迅猛地奔流而去,
因为阳光使它温暖。

当那个
渴望去另一个国度
那些年轻人

当城门和集市醒来,
灶膛神圣的火焰
散发出淡红的香气,这时他独自沉默,
这时他让心静下来,
沉思于寂寞的大厅。

可是当
　　　　就坐在深深的阴影里，
当头上的榆树沙沙作响，
德意志诗人在清凉呼吸的小溪旁
并吟唱，当他畅饮了圣洁而清醒的
溪水，倾听远方的寂静，
灵魂之歌。
还有，他还有太多的灵性，
而纯洁的灵魂

直到他愤怒

他羞红了脸，
歌声一点不虔诚。

但此时星辰对这人的单纯
示以微笑，从东方而来
他们盘桓在我们人民的群山之上
并发出预言，
像天父之手曾经停歇在他的鬈发之上，
在童年的日子，
有一种恩典也为歌者的头颅

加冕,他察觉并为之战栗,
当他的言语
在歌中称道你,因为你的美丽
你至今依然无名,
哦,最有神性的!
哦,善良的祖国之神。

给众所周知者

歌唱,像燕子一样自由,它们飞翔
欢快地游遍大地,再远也寻找夏天
这神圣的族类,因为这圣事源于先辈。
而今我歌唱陌生者,他,

这没人嫉妒我,不管你像不像
那庄严者,且让我现在静静诉说,
因为神奇者自己,他喜欢听我沉吟。
我想问,他从何而来;他不是成长于
德意志的莱茵河畔,尽管那里不缺
男子汉,朴实的国度,天才也在那里
美丽地成熟于滋养万物的阳光,

像小鸟缓缓飞行……

像小鸟缓缓飞行——
首领具有
远见,际遇
清凉地拂过它胸前,当
四周沉寂,为它
大地之宝高高在空中,
但丰盈地向下照耀,第一次
幼鸟与它追寻胜利。
但它节制
以羽翼的拍击。

当葡萄的汁液……

当葡萄的汁液,
柔和的酒浆,寻找荫蔽
而葡萄生长在树叶
清凉的穹顶下,
但为男人和处女,
一种浓度释放出芳香,
还有蜜蜂,
当它们,陶醉于
春天的馥郁,被阳光之魂
触动,驱策,着魔的蜂群
追逐阳光,可是当
骄阳似火,它们嗡嗡地
返巢,有许多预感
　　　那上面
　　橡树沙沙作响,

在淡黄的叶子上……

在淡黄的叶子上睡着
葡萄,红酒的希望,或者说挂在
处女耳垂上,那个金坠子的影子
睡在面颊上。

我应该做单身汉,
但小牛被自己
挣断的链子
稍稍绊住。

勤劳地

播种者却喜欢
看一个,
白日里睡在
编织的袜子上。

德意志的嘴
不愿发出谐音,
但悦耳
扎人的胡须上
亲吻之声。

何为人生？

何为人生？一幅神像。
如芸芸众生行于天下，他们望见
苍天。但在凝望中，如
读一部经书，人仿效无限与丰富。
那单纯的天竟然
丰富？银色的云彩
宛若花朵。可是从那里降下
露和湿润。可是
当蓝光熄灭，它单纯，灰暗
浮现，像大理石，又像矿岩，
丰富之征兆。

何为上帝?

何为上帝?未知,不过
苍天之脸记满了
他的特性。譬如闪电
无异于神的愤怒。愈不可见者,
愈可归入陌生之域。但雷霆乃是
上帝的声望。对不朽的爱
亦是,犹如我们的,
神的财富。

致圣母

我受过许多
痛苦,因为你,圣母呀,
和你的儿子,
打从我听了他的故事
在甜蜜的青春年代;
因为不仅是那先知,
仆人们也一样处在
某种命运之下。因为我

和有些歌,我曾经
打算为至高者欢唱,
为天父,但忧伤
已将我的歌耗蚀殆尽。

可是,圣母呀,可是我仍愿
颂扬你,谁也不应该

对我言辞的优美
对故乡的言语横加指责,
当我孤零零
走向原野,那里百合花
荒凉地生长,无畏地
走向难以企及的,
太古的森林
之穹隆,

  西方,

  而至今主宰
人类的,不是别的神,是她,
忘掉一切的爱。

因为那时它应该开始
当

他诞生于你的怀腹,
神性的男孩,在他身旁
是女友的儿子,被沉默的父亲
取名为约翰,很胆大,
已被赋予了

舌头的威力，
以解释

和万民的畏惧，
主的雷电
和倾盆而下的暴雨。

因为法规虽好，但
像龙的利齿，它们撕裂
并杀死生命，当一个贱人或一个国王
在狂怒中使之过激。
上帝最喜爱者
却赋有镇静。于是他们随后死去。
那两个，　　　　于是你也看见，
坚强的灵魂里神一般悲哀，他们死去。
因此你如今住在

　　　　　　而当某个人
在神圣的夜里思念未来并怀着忧虑
为那些无忧眠息的，
那些清新绽放的孩子，
你会微笑着走来并问他，在你

做女王的地方,他怕什么。

因为你绝不可能
妒忌正在萌芽的白昼,
因为这是你喜欢的,自古以来,
若是儿子们更伟大,
胜过母亲。你也绝不中意,
若是念旧回望
更老的讽刺更年轻的一代。
谁不喜欢怀念
可敬的祖先并讲述
他们的事迹,

      但若有放肆之举,
忘恩负义者
惹得   恼怒,
太喜欢
随后   望向
不敢有所作为
无尽的懊悔而年老的厌憎孩子们。

因此你,圣母,

保护它们吧,

幼小的植株,当

北风刮来或是毒露降下或

干旱延续得太久,

当它们繁开怒放,

沉沦于长镰之下,

太锋利的,便赠予新生的植被吧。

只是我觉得,无时不

尝试太多,在脆弱的枝条间,

势必以种种花样

耗散力量,这稚嫩的一族,但你要坚强,

从众多之中挑选最佳的。

这算不了什么,恶。**某一位**

像鹰抓猎物

当替我擒住它。

其他人在场。以免他们

令正在分娩

白昼的乳母

困惑,或错误地依恋

家乡并讽刺沉重,

永远坐在母亲的

怀腹里。因为他伟大，
其财富由他们继承。
他

紧要的是，人们得珍惜
荒原，神灵建造的
在纯正的律法中，从那里
上帝的孩子们
拥有它，他们漫游在
山岩下而草地开遍紫色的花
还有幽暗的泉水
为你，哦圣母，
和儿子，但也为别的神，
以免，像从奴仆那里，
诸神强行索取
他们的祭品。

可是在边界，那里屹立着
骸骨山，人们今天这样
称呼它，但在古老的语言里
名叫奥萨山，透托堡
也在那一带，许多灵性的山泉

环绕那片土地，在那里
所有的天神
为自己　　神庙

一个手艺人

但对于我们，我们
即

不要太惧怕畏惧本身！
因为你不，慈爱的

　　　　　　但是有
阴暗的一族，既不喜欢听从
一位半神，或者当一个天国随人们一道或
在波浪中出现，无定形，也不敬仰
那纯真的、亲近的
无所不在的上帝的容貌。

可是当不祥者已经
　　　　　成群结伙
　　　　　　　无耻地

他们跟你,哦,纯净的歌,
毫不相干,虽然我,
我在死去,可你
走的是另一条道,某个嫉妒者
阻挠你,恐怕只是徒劳。

你若在即将来临的时代
遇见一个善良的人,
你就问候他吧,他会想,
我们的日子多么美好
充满幸福,也充满痛苦。
从一个走向另一个

但还有一件事
需要说明。因为我几乎
突然感觉到
幸福似已来临,
孤独的幸福,即我转向了,
凭我所拥有的,
那些幽灵,这不理智,
因为我曾经认为,
为何而言?

是因为你送给必死者
诱惑的诸神形象;因为言说必憎恶,谁
省略生命之光,那滋养心灵的光。
天神们很久以前
已自行澄清自己,当
诸神之力将他们席卷而去。

我们却迫使
不幸就范并高挂旗帜
为胜利之神,解放之神,因此
你也送来许多谜。他们神圣,
那些闪光者,但若是天神
欲每日而奇迹
欲普遍照耀,或者说若是
提坦诸侯攫取母亲的礼物
如猎物,有位更高的神援助她。

提 坦

但现在时辰
未到。他们还没有
被缚住。神威尚未触及未参与者。
于是他们或可指望
德尔斐。在此期间,在欢庆的时辰
且让人怀念死者,让我
眠息吧。许多已死去,
古代的统帅
美丽的女人和诗人
和新近
许多男人,
我却独自一人。

  驶向茫茫大海
那些芳菲的岛屿询问,
它们去何方。

因为它们有些

留存在忠实的古籍里

有些在远古的传说里。

神有许多启示。

因为云彩早已

影响着下界

神圣的荒原准备了许多并已扎根。

宝藏是热的。因为缺少

释放精神的歌声。

精神或许伤神

或许跟自己过不去，

因为天火

从来容不得拘禁。

可是盛宴

叫人欢喜或者当节日里

目光闪亮，处女的脖颈

珍珠熠熠放光。

也有战争之戏

　　　　征战的记忆

铿锵穿越

花园的通道，英雄祖辈

震鸣的武器
渐渐平静,偃息在
孩子们纤柔的胸怀。
而蜜蜂围着我
嗡嗡飞舞,农夫
在翻耕土地,田野的小鸟
迎着阳光歌唱。有些会帮助
上天。这一切尽在
诗人眼中。这真好,可以向他人
求助。因为生活不可能独自承担。

可是当朝霞点燃
繁忙的一天,
在引开雷电的
铁链上,
天穹的露珠闪耀着
日出之光,此时
高者也必定感觉到
自己在必死者中间。
因此人们建造
房屋,工场忙活而船舶
横渡条条江河。

成千上万的人们
互相握手,大地上
丰富的意蕴,并非徒劳
目光把土地久久凝望。

可是你们
也感觉到另一种类。
因为法度之下
纯净也需要粗俗,
以便认识自己。
可是当

而震撼万物者
波及深底,使之
恢复活力,他们以为
那天神降临到
死人那里,暴烈地破晓
在不受束缚的
察觉一切的深渊。
但我不是想说,
天神们会变得虚弱,
尽管蓄势待发。

可是当

  而行走

到天父的头顶,以致

  而天穹之鸟正向他
显示。在愤怒中
他神奇地走上去。

可是当天神……

可是当天神建造
完毕,大地上
一片沉寂,受造的山峰
雄伟壮观。每一座山
额头上都有烙印。因为
被击中,当正直的女儿,
那位神震颤的闪电
无情地阻止雷神
而现在香气缭绕
天上的风暴已熄灭。
停息的地方,平静下来,这里
和那里, 火
因为雷神
倾泻欢乐并几乎
忘记了天穹
那时在愤怒中,若非

智识向他警告。
但贫瘠之地
现已繁荣。
江山之意
在于神奇伟大。
山峦直插　　海,
温暖的　　深处　　但凉风拂过
岛屿和半岛,
祷告的岩洞,

一道闪光的盾牌
而很快,像玫瑰,

　　　　　　或也创造
另一个种类,
但如火如荼

　　　　　　生长着嫉妒的
野草,它炫目,更快地疯长,
笨拙的草,因为那创造之神
开了个玩笑,但它们
并不理解。怒冲冲地

它蔓延生发。像烈火一样，
吞噬房屋，升腾
向上，无顾忌，不珍惜
空间，淹没了小径，
四处繁衍，一片蒸腾的云
　　　　　　　愚钝的荒野。
于是它欲显露如神。但
无眼的迷途
盘绕穿过花园
荒凉可怕，在那里一个人
以纯净的手几乎
找不到出路。他走呀，这使者，
像野兽一样寻找
必需的。虽然以双臂，
充满预感，某人可能命中
目标。就是说当
天神需要一个篱柱或标记，
可以为他们
指路，或需要沐浴，
男人们胸中便像火一样
激动起来。

但天父身边
还有别的神。
就是说在阿尔卑斯山上空,
因为诗人们
必须求助于雄鹰,以免
以自己的感受愤怒地解释,
那些神住在飞鸟
之上,环绕着
欢乐之神的王座
并替他掩蔽
深渊,他们像黄色的火,在湍急的时间里
永驻于男人们额头上方,
那些预言之神,地狱的幽灵
大概妒忌他们,
因为他们很喜爱恐惧,

但清洗者
赫耳枯勒斯,
开启一种纯粹的
命运　　　将幽灵
从大地神圣的餐桌驱逐,
他始终保持纯真,现在依然,

与那位统治者同在,而狄俄斯枯里
带来呼吸,下沉复上升,
沿着不可企及的阶梯,当那片山峰渐渐
远离天宇的城堡
在夜里,远去了
毕达哥拉斯的
时代

菲洛克忒忒斯却活在记忆里,

他们帮助天父。
因为他们想眠息。可是当
大地无益的活动
诱惑他们而　　夺去
天神们
　　　　　　感觉,他们会燃烧着
到来,

无呼吸者——

因为沉思的
神灵憎恶
延迟的生长。

下一个栖息地(第三稿)

　　天穹之窗敞开了
夜之神释放了,
攻击天穹者,他谈论过
我们的家乡,以许多语言,忍不住的,
并碾过废墟
直到这一刻。
可我想望的正在到来,
当
因此像椋鸟
伴着欢乐的啼鸣,当加斯科涅,那儿有许多花园,
当橄榄之乡,以及
在亲切可爱的异乡,
阳光刺伤喷泉,在长满青草的
大路旁,无意间刺痛
沙漠的树木,

当大地之心渐渐
敞开,在源自
燃烧土地的河流
环绕橡树山冈的
地方,在礼拜日的
舞蹈中间门槛
热情好客的地方,
在鲜花装饰的大道旁,正默默行进。
就是说鸟儿感觉到故乡,
当　　淡黄的山岩间,
泉水银闪闪流淌,
神圣的绿色呈现在
夏朗德河湿润的草地上,

保持着灵醒的感觉。　　可是当
风儿开道,
强劲的东北风
使目光变得勇敢,它们起飞了,
越过山山水水
发觉更美好的地方,
因为它们总是正好停歇在下一处,
看见神圣的树林,生长之火光,

花开香溢,和遥远的歌唱之云,呼吸着歌唱的

气息。认识是

人类的。可是天的族类

也带有这个,飞鸟们观察

晨昏的时辰。所以说这个也属于

天族。现在开始吧。在奥秘的时代

从前我大概,像出自天性,说过,

它们来到,德意志。但现在,因为大地

像海洋而国家,如同男人们,不可能

有一个完结,它们彼此,相互之间几乎

争吵不休,我如是说。傍晚时鬼斧神工

那山脉自高原转向,那里高高的草地上树林也许

就靠近

巴伐利亚平原。就是说山脉

逶迤,延伸于安贝克与

弗兰肯汝拉山背后。这人人皆知。

有一位令那山脉从青春的峰峦

侧转,并让它趋向故乡,

自有道理。因为他觉得阿尔卑斯山荒芜,

于是那山脉,分享山谷并沿着经线,

横穿大地。但那里

现在能行了。几乎,不纯净,地球的内脏曾让人
窥见。　　　　　但雄鹰之光
也曾在特洛亚。歌唱之天
却在正午。但此外可以说
在决断之岸,愤怒的白发老人,这三者
都是我们的。

体验半神……

体验半神
或祖先的生命,作出
审判。但生命并非处处
像他们一样汇聚于暮霭周围,生命,嗡嗡炽热
的,也仿佛
被幽灵的回音凝聚到
一个燃点之中。金色的沙漠。或总不熄灭,像生
命般温暖的炉灶的
火光,夜随后击出火花,从白昼那磨光的
岩石中,而环绕暮霭
琴声依然响起。狩猎的声浪
嘶嘶地卷向大海。但那埃及女人,袒胸露怀,
始终歌唱着,因劳累关节发烫,
坐在树林里,篝火旁。是在暗示
云彩和星星海纯正的良知
随后在苏格兰就像在伦巴达湖畔

一条小溪潺潺流过。男童们习惯于
珍珠般新鲜的生命，就这样围着
大师或死尸的形象做游戏，或这样围着钟楼的
王冠
温柔燕子的啼唤。
是的，白昼确实
没有构成
人的形式。但首先
一个古老的念头，知识
仙境。
    和失去的爱
骑士比武的 骏马，羞怯而湿润

因为从深渊……

因为从深渊
我们开始而我们的行进
像狮子伴着疑惑和烦忧,
因为在沙漠的酷热中
人们
更感性,
迷醉于光而兽之魂随他们
沉眠。但即将像一条狗,我的声音
在热浪里游荡,在花园的小巷,
那里住着人,
在法兰西。
造物主。
但法兰克福,若是按形体,
形体是自然的翻版,
就是说人的形体,是这个地球的
肚脐,这个时代也是

德意志痛苦的，时代。
一座荒山却立在我花园的
斜坡上方。樱桃树。凛冽的气息却拂过
岩石的洞穴。我就在那里
一切在一起。但神奇地
一棵核桃树苗条地垂向
流泉并　　。浆果，像珊瑚，
挂在木槽上面的灌木丛上，
出自它们
原本出自核，现在却须承认，坚固的花之歌作为
出自城市的新的塑造，那里
柠檬味却升至
鼻子的痛苦，还有油，出自普罗旺斯，这种感激
是加斯科涅那片土地
给予我的。但驯服我，仍然去观看，滋养我，
却是击剑的喜好和节日的烤肉，
餐桌和棕色的葡萄，棕色的
而读我，哦，
你们，德意志的花朵，哦，我的心化为
可靠的水晶，光
以此考验自己，当　　　德意志

希腊（第三稿）

哦，你们，命运之声，你们，游子之路！
因为在那所蓝光学堂，
远远传来，伴着天空的呼啸，
像乌鸫鸟的歌唱
云彩欢快的情调，音已
定好，被上帝的亲在，被雷雨。
向着不朽的召唤，
如展望，和英雄；
许多的回忆。随即大地
鸣响，似小牛之皮，
自劫难而来，追随圣徒的诱导，
因为泰初即有作为，
和伟大的律法，那里随后
歌唱之云出现，歌颂智识，柔情和披着
纯净轻纱的辽阔的天空。
因为大地的肚脐

坚固。就是说被缚于青草的两岸
那些火焰和那些普遍的
要素。但沉思着上面活着苍天。但银色的
在纯净的白昼
是光。作为爱的标志
大地是紫罗兰色。
伟大的开端也会莅临
卑贱之物。
日复一日但神奇,因顾惜人类
上帝披一件衣衫。
对学识他的脸藏而不露
又以招数逮住风儿。
空气和时间掩蔽着
可怕者,以免某个生命
或灵魂过分爱他
以祈祷。因为早已敞开
如书页,大自然,或线与角
好学习
而更黄的是太阳和月亮们,
但是眼下,
当地球的古老教化即将
结束,也就是在历史那里,

业已形成的,英勇搏斗的历史,一如在高处
上帝引领地球。可是他限制
太急的步伐,但像花丛金黄
灵魂的力量随后,灵魂的亲族聚合起来,
要让美更迷人地
长驻大地,让某一种灵
更融合地与人类交往。

然后栖居在树林和山冈高高的
阴影下,这很甜美,去教堂的路
已铺好,那里洒满了阳光。可是为浪游者,
眷恋着生命,但毕竟缓缓而行,
脚步顺从于他们,道路
更美丽地绽放,那里原野

致我的妹妹

我在村庄过夜

高山牧场的风

沿街而下

家园　　重见。故乡的太阳

荡舟，
朋友　　男人和母亲。
小憩。

　　　＊

献给波拿巴的颂歌

*

但是语言——
神在雷雨中
言说。
我常有语言
它曾说,愤怒已足够并冲着阿波罗——
若你有足够的爱,就尽管因爱而愤怒吧,
我时常尝试歌唱,但他们不曾听你。
因为神圣的自然喜欢这样。你曾歌唱,你年轻时
没有为他们歌唱
你曾对神言说,
但你们都已忘记,初生的果实从不
属于必死者,它们属于诸神。
果实须变得更普遍,
更寻常,才能够
为凡人所拥有。

*

必死者赋有少许的认知,

但很多的欢乐,

为什么,哦美丽的太阳,在五月的日子,
  你,我的花中之花!你不满足我?
    我可知道什么高于你?

哦,但愿我更可爱像孩子们一样!
  但愿我,像夜莺,唱出一首
    喜乐无忧的歌!

春 天[①]

赏春何其美妙,当时辰再度破晓,
人站在田野上欣喜地张望,
若是人们思考自己的现状,
为快乐的人生把自己塑造。

若是一颗心渴望新的生活,
平原和旷野皆赏心悦目,
这快乐似天空没有尽头,
小鸟歌唱,引领众人欢歌。

人时常探询自己的内心,
言说那涌出箴言的生命,
若无悲愁啮噬灵魂,
而常人满足于自己的收成。

[①] 翻译这首诗时借鉴了先刚先生的译文。——译注

若家宅生辉,凌空而建,
人当拥有更开阔的大地,
路伸向远方,登高放眼,
一座座轻盈的小桥越过小溪。

转 生

随太阳一道我常常渴望疾驰而去完成从升起到沉落的遥远旅程，常常，携歌声追随古老的大自然那伟大的完善之演化，

而且，像统帅在征战和凯旋时头盔上驮着雄鹰，我也期望它强有力地驮负我，必死者的渴望。

但是一位神也住在人里面，于是他看得见过去和未来，像是从河流到山里再上溯至源头他漫游穿越时代

从时代事迹的沉寂书卷中他为过去所熟悉而且是通过——

在树林里

你，高贵的野兽。

可是草棚里住着人，裹着遮羞的衣袍，因为更真挚，也更警觉，于是他该当守护精神，就像女祭司守护天火，这是他的理智。故对他而言专断实乃大忌而更高的强力犹须达及，近于神者，人已然赋有最危险的财富，语言，以便他去创造、毁灭、沉沦并复归于永生的女主和母亲，以便他证明，他该是什么，他从她那里继承并学到了什么，她最神圣的财富，扶持一切的爱。

在迷人的蓝光里……

在迷人的蓝光里盖着金属房顶的教堂钟楼容光焕发。它周围传来燕子的叫声，它周身罩着一层令人销魂的蓝光。太阳高高地移过房顶，给铁皮镀上了金辉，但起风的日子顶上的旗子会悄悄地絮叨。若有人此时从钟楼走下，那些楼梯，这便是寂静的生活，因为，若人的形象这般离群索居，人的可塑性则显而易见。那些窗子，由此传出钟声，像门一样近乎美。就是说，因为门仍旧依循自然，它们与森林的树木相仿。纯粹也就是美。在内部由差异物生发出一种严肃的精神。但这些画面多么单纯，也多么神圣，于是人们真的常常害怕描绘它们。但天神，他们总是善良的，无一例外，一如丰盈者，他们拥有这些，道德和喜乐。人可以效法。人可否，若生活只有辛劳，仰天而叹：这也是我之所愿？是的。只要友情，那份真情，还在心中延续，人不会不幸地与神并驾齐驱。上帝杳不可知？他昭然若苍穹？我宁信后者。此即人之度。人建功立业，但诗意地，人栖居在这片大地上。但那繁星之夜的清幽，倘容我坦言，并不比人纯净，人名曰神的影像。

大地上可有一种度？绝无。因为造物主的宇宙从不妨碍雷霆的运行。即或一朵花也是美的，因为它开在阳光下。目光常在生活中发现一些事物，它们或许，还有待于命名，比花儿更美。哦！我深深知道！因为血洒形象和心灵，并且不复完整地存在，会让上帝欢喜？但灵魂，如我所信，必须保持纯净，通常乘着双翼雄鹰以赞美的歌唱和群鸟的声音达及大能者。此即形象，此即人物。你，美丽的小溪，你显得动人，当你如此清澈地，如神的目光，淌过银河。我熟悉你，可是泪水涌出双眼。我在造物的形象中看见一种喜悦的生命环绕我绽放，因为我不会不妥当地将它比作教堂庭院里孤独的鸽子。但人们的笑声似乎令我悲伤，因为我有一颗心。我愿是一颗彗星？我相信。因为它们有飞鸟的迅捷；它们依火绽放，就像是与纯真相亲的孩子。至于更伟大的，人的天性岂敢奢求。道德之喜悦也值得被严肃的精神所欣赏，此精神飘荡于花园那三根圆柱之间。一个美丽的处女必须头戴桃金娘花环，因为就本质和情感而言她是单纯的。但桃金娘开在希腊。

当某人照镜子，一个男人，并在镜中看见自己的形象，如同模仿的；它像这男人。人的形象有眼睛，相反月亮有光。俄狄浦斯王或许多一只眼。此人的这些痛苦，它们似乎不可描述，不可言说，不可表达。如果戏剧刻画这样一个［形象］，原因就在这里。可是我感觉怎样，我现在想念你？终结如山涧拽我离某物而去，此物延伸如亚细亚。当然，俄狄浦斯有这种痛苦。也许。狄俄斯枯里在他们的友谊中不是也承受过痛苦吗？就是说像赫耳枯勒斯与上帝争辩，这就是痛苦。在妒忌这种生命中的不朽，分有这个，也是一种痛苦。但这也是一种痛苦，当一个人被夏天的斑点遮蔽，被某些斑点完全掩蔽！这是美丽的太阳之所为：就是说它抚育万物。轨道引领少年们，他们，以其光辉的魅力如以玫瑰。痛苦仿佛，俄狄浦斯所承受的，就像一个穷人怨诉自己缺少什么。儿子拉伊俄斯，希腊贫穷的陌生人！生即死，而死亦是一种生。

译后记

荷尔德林疯了以后，还能够回忆起席勒和海因策等许多友人，奇怪的是，每次向他提到歌德的名字时，他竟然压根想不起他一度敬仰的这个人物。对一个精神病人而言，这正是"一种深重的敌意的标志"。歌德与下一代文人之间确有隔阂，对此已有许多解释，可是在我看来，有过狂热的青春经历，步入中年之后，变得成熟和世事洞明的歌德对这帮才华横溢的后生怀有戒心，保持距离，大概也是情理之中的事。十八世纪后半叶，德国的人才蜂拥而出，歌德当然是大师，几乎无所不能，其他人则只在某个领域独领风骚，如日中天的大师之光焰有时难免掩蔽周围的星辰。但是，不服气的克莱斯特后来果真写出了可与歌德一比高低的剧本（譬如《彭忒西勒亚》）；诺瓦利斯以《奥夫特丁根》挑战《迈斯特》；濒临绝境的荷尔德林创作出《帕特默斯》等一大批绝世之作，可以说诺氏之思与荷氏之诗皆不在歌德之下。那是一个不可思议的时代，德意志大地上天才一拨一拨地冒出来，也许人们只需想一下，黑格尔、谢林和荷尔德林原是同寝室的好友。

荷尔德林（1770—1843）毕业于图宾根神学院，同时他又醉心于古希腊文化，研究过柏拉图，长期从事索福克勒斯和品达作品的翻译与注疏，西方文化的两大源头于他自然是烂熟于胸。奇特的是，他将诸神与上帝融合起来，于是真理与生命之本原变得愈加丰富、鲜活和雄浑。在他的诗歌中，狄俄尼索斯（巴科斯）充当领唱，酒神精神构成了基本氛围。写作时他好像忘记了自己的悲苦，就连那些哀歌，人们从中也读不出多少悲情，不过是用来探寻人生痛苦的根源。神话和《圣经》的故事随意穿插在他的诗中，诸神的面孔闪现于字里行间，耶稣与门徒的对话随着幽暗的旋律隐隐传来。道理浅显，但是耐人寻味。他喜欢用简单的文字加以表达。他的语言朴实、遒劲，有大器之美，如果说可道出福音，那当是一种普世的福音。其实，一切皆是诗人心境的披露，一切皆源于那颗饱含着爱的心灵。荷尔德林的诗经得起不断发掘，但也是人人都可以读的，他的诗让人感觉亲切。

诗人早就预感到自己的早逝，但他也许没有料到比死亡更悲惨的结局——疯狂。神圣的使命感驱使他迎向自己的命运。奥林波斯山上的诸神似乎也有意成全他的心愿,让他担当"酒神的祭司",作为一份牺牲贡献给天穹,将他引向深渊。于是人毁了,事成了。他兑现了自己的承诺:"但那永恒的,皆由诗人创立。"诗人之幸与不幸皆缘于疯狂。癫症肯定是多种因素导致的,诸如环境对精神的压抑,他疯在两百年前,那还是不少现代诗人渴望回归的古典时代,由此可见他的心多么纯洁,多么敏感;或是他与苏瑟特的爱情悲剧,在他心中必定造成了无法痊愈的创伤;以及当他最后竞争一个教授职位时,歌德的"不光彩的行为"据说给予他致命打击等等。但我认为,还有两点未能引起足够的重视:年近三十,他在经济上还不能完全自立,年迈的母亲常在烛光下为儿子编织长袜,经济窘迫往往给文人带来不堪承受的压力,其后果有时可能比精神上的绝望更严重;另外,患病之后他对任何来访者都毕恭毕敬,不停地鞠躬,嘴里还念叨着"阁下""圣人""尊敬的教皇大人"之类的称呼,也许可以看成是诗人早年自视甚高,却不得不靠当家庭教师谋生,长期寄人篱下所导致的心理情结。

德语另有一个特殊的词指代精神病——Umnachtung,意思是沉入夜色之中,仿佛伴随着诸神的隐遁,白昼过去了,黑夜笼罩大地,夜暮也渐渐浸入诗人的头颅。或许冥冥之中这就是一种命数。然而，这是一次辉煌的沉沦，恐怕谁也不曾想到，它将带来多么丰盛的收获。荷尔德林的创作可分为早中晚三个时期，恰好以疯狂前后划界。早期的诗模仿席勒和克罗卜史托克，过于激情和直白，而且显得观念化，属于抒情哲理诗。到了晚期，诗人的思维已经紊乱，无力驾驭语言，只留下一些思想残片，形式呆板，像是初学者的习作。正是在一八〇〇至一八〇六年前后，诗人一步步走向癫狂，同时变得成熟，完成了他的不朽的诗篇。也许多亏那种痴迷的状态，像是醉酒的感觉，诗人得以完全沉入自身之中，外界的压迫消除了，焦虑化解了，躁动平息了，曾经被他奉为圭臬的理论框框——英雄、理想、质朴之三段式——也已淡忘了（大概任何理论对大师都是限制）。此时他反倒格外神思清明，下笔如有神助，挥洒自如。《还乡》《面饼和酒》《斯图加特》，这三首哀歌唱响了中期的序曲。哀歌之体裁无疑与人类的当下处境相吻合，但诗中并没有渲染悲苦，毋宁说诗人想以此营造一种沉思的氛围。哀歌的宏大容量可供诗人从容运思，由叩问现实出发，追忆远古的辉煌，追寻神灵的踪影，思考生与死、爱与永恒，见证并亲历那种饱满的灵性生命，它维系着人类的未来。随后一首首颂歌应运而生，缀成闪闪发光的珠链。还有那些优美的"江河诗",如真如幻,每一朵浪花仿佛都映现出神的身影,莱茵河、伊斯特尔河,在诗人的笔下亘古地流淌,从东到西,从源头直到大海,回归那丰富的宝藏(Reichtum)。

《帕特默斯》当是荷尔德林的代表作,写于一八〇三年,这里特别译出了它的三个修订文本,与初稿相比较显得有些凌乱,可以看出诗人此时已力不从心。以它为首的一系列自由诗,是诗人最娴熟的体裁,即使按今天的眼光来衡量,这些诗也无可挑剔,何况在同时代诗人的作品中,自由体并不多见。不用考虑押韵和格律,诗行更加流畅凝练,跌宕起伏,透出一股灵动的气势。尤其在自由诗中,德文固有的语言表达优势发挥到了极致。常常是一个或几个单句或复合句被拆散,夹杂不少的插入语和分词短语,再以巧妙的方式组合起来,别出心裁却又恰到好处,形成一座语言的迷宫,虽有相当的理解难度,但是意思并不艰深晦涩。这样的诗句包含双重甚至多重意味,蕴藉隽永,耐人咀嚼,当然也提供了多种解读角度。读这种诗就像是一次解密,不时给人带来领悟的愉悦和审美的快感。荷尔德林独特的语言风格尤其在自由诗中呈现出来,绝不可能误认,于朦胧之中透出澄明,那是一种大美。当着神智由明转暗或时暗时明,多年以来积淀在心中的情感、经验、思虑、醒悟，受真正的灵感的触发，自然地、势不可挡地从他的歌喉喷涌而出，如同一次次海底的火山爆发，威势而不失节制，直到最终将这个高贵的灵魂毁灭。

荷尔德林始终是一个孩子。一生漂泊他乡，但他从未忘记故土。他流连于山川丛林之间，大自然是他的朋友。他对农夫和工匠，对朴实的乡民总是有一种特别的亲情。凭着一颗赤子之心，他才可以窥见逝去的神祇，轻松地靠近他们，与他们交往，游戏，同欢共饮。他的诗浑然天成，大多源于直觉，似乎是神灵借他之口唱出的天籁。他的诗句道出了人们的心声："诗意地，人栖居在这片大地上。"

荷尔德林和里尔克堪称德语诗歌史上的两座巅峰，相距百年的时空，双峰并峙，旷世独立，这样的大师是不世出的。十余年来，断断续续翻译了四位诗人，可以归为两类。诺瓦利斯和里尔克，比较而言以思辨见长，尤其是诺瓦利斯，既广博又深邃，玄奥而且练达，颇具原创力，在这方面几乎无人能及。不过诗歌只是他文以载道的工具，写得不多又很随意。另一类则是特拉克尔和荷尔德林，更富有激情和感性，语言感觉极佳，确是天才诗人。可惜特拉克尔英年早逝，如一颗流星划过夜空，短暂却耀人眼目。同其他三位三十岁前后便或死或疯的诗人相比较，里尔克幸运地活过了五十岁，靠着他的韧性，他可以从容地给自己和世界编织神话，将自己磨炼成大师。我这样讲并无贬义，他是在四十七岁时终于完成了他的代表作《杜伊诺哀歌》和《致奥尔弗斯的十四行诗》，殚精竭虑，丰盈圆融，难得的是蓄满内敛的激情，已达缥缈的神境，却又扎根于平凡的大地上，以诗的语言构建了一座思的金字塔，或可令同代和后世的哲人经师前往朝拜。

如果说里尔克的诗（尤其晚期）连行家也难读懂，或者他的诗是专门为诗人、哲学家和神学家而写的，那么，荷尔德林是在同每一个真诚的人倾诉衷肠。荷尔德林本是神之子，所以在他那里，神与人之间的巨大差距固然存在，但二者并不对立，因此人无需像里尔克所筹划的那样汲汲于自我提升和超越，而是只需守住本分，便可与神和谐相处，这种和谐就是幸福的根本。他本是大地之子，在他看来，善即欢乐——人世的欢乐，劳作与眠息，团聚与宴饮，友谊与爱情，风俗与节庆，样样都美好，都是欢喜。他本是自然之子，在他眼中，山峦高卧神灵，江川辉映星月，但那里也是人的栖居，真可谓"天人一切喜，花木四时春"。他不知何为原罪，人世间原本"一切皆善"。

译文学作品难，译诗也许更难，而翻译大诗人尤其难。就译诗而言，非外语专业的诗人和学者肯定有自身的优势，但原文理解不甚透彻，学者的语言感觉相对较差，是一个普遍的问题。外语专业的译者则往往人文修养不够，中文功底不怎么扎实，都是难以弥补的弱点。要想译出好的作品，必须将他们的长处统一起来，这是一个很难达到的要求，但是值得每一个译者为之努力。里尔克说：写诗不是靠情感，是靠经验。这就要求译者尽可能地对诗人的所有经验有一种再经验（Nacherfahrung），以便融入诗人。但是融入以二者（基本）等同为前提（成功的例子极为罕见，冯至译里尔克为一特例），于是便出现了与荷尔德林提到的人神相遇类似的困难情形——若欲承纳神，人这件容器实在太脆弱。译者尝试尽量接近诗人，无疑十分危险，不仅因为那种高度可望而不可即，而且那里的深渊险象丛生，大师之于译者纯属一个黑洞，所以与大师打交道的确是一件令人绝望的差役。对我而言，翻译特拉克尔还能勉强胜任，至于其他三位，实有力所未逮之感，修养、古汉语和诗艺等等皆有缺陷。当然，译荷尔德林，对任何译者的中文表达都是一大考验。这几本译作肯定还存在诸多问题，有待于进一步完善，本人诚愿得到方家的指教。每次看凡高的向日葵，总觉得那正是画家自己的写照，也是与他同类的天才诗人的象征。他们的生命像他们的作品一样令我深深感动，也支撑着我终于做完了这件该做的事情。在此，我谨以几行诗来表达自己对这些命运多舛的大师的虔诚敬意：

> 垂头的时候一切都饱满了
> 谁记得从前疯狂的燃烧
> 每一个花瓣都是火焰